秘而不宣的日常生活

A SECRET DAILY LIFE

林蔚然

敦煌文艺出版社

图书在版编目（CIP）数据

秘而不宣的日常生活 / 林蔚然著 . — 兰州：敦煌文艺出版社，2018.9（2023.1重印）
ISBN 978-7-5468-1624-1

Ⅰ．①秘… Ⅱ．①林… Ⅲ．①剧本－作品综合集－中国－当代 Ⅳ．①I230

中国版本图书馆 CIP 数据核字（2018）第 215774 号

秘而不宣的日常生活

林蔚然 著

责任编辑：马吉庆
装帧设计：李 娟 禾泽木

敦煌文艺出版社出版、发行
地址：（730030）兰州市城关区读者大道568号
邮箱：dunhuangwenyi1958@163.com
0931-2131373 2131397（编辑部） 0931-2131387（发行部）

三河市嵩川印刷有限公司印刷
开本 787 毫米 ×1092 毫米 1/32 印张 8 插页 1 字数 141 千
2019 年 6 月第 1 版 2023 年 1 月第 2 次印刷
印数：3 001 ~ 6 000

ISBN 978-7-5468-1624-1

定价：39.80 元

如发现印装质量问题，影响阅读，请与出版社联系调换。
本书所有内容经作者同意授权，并许可使用。
未经同意，不得以任何形式复制转载。

Contents
目 录

001
请你对我说个谎

085
秘而不宣的日常生活

179
爱无能

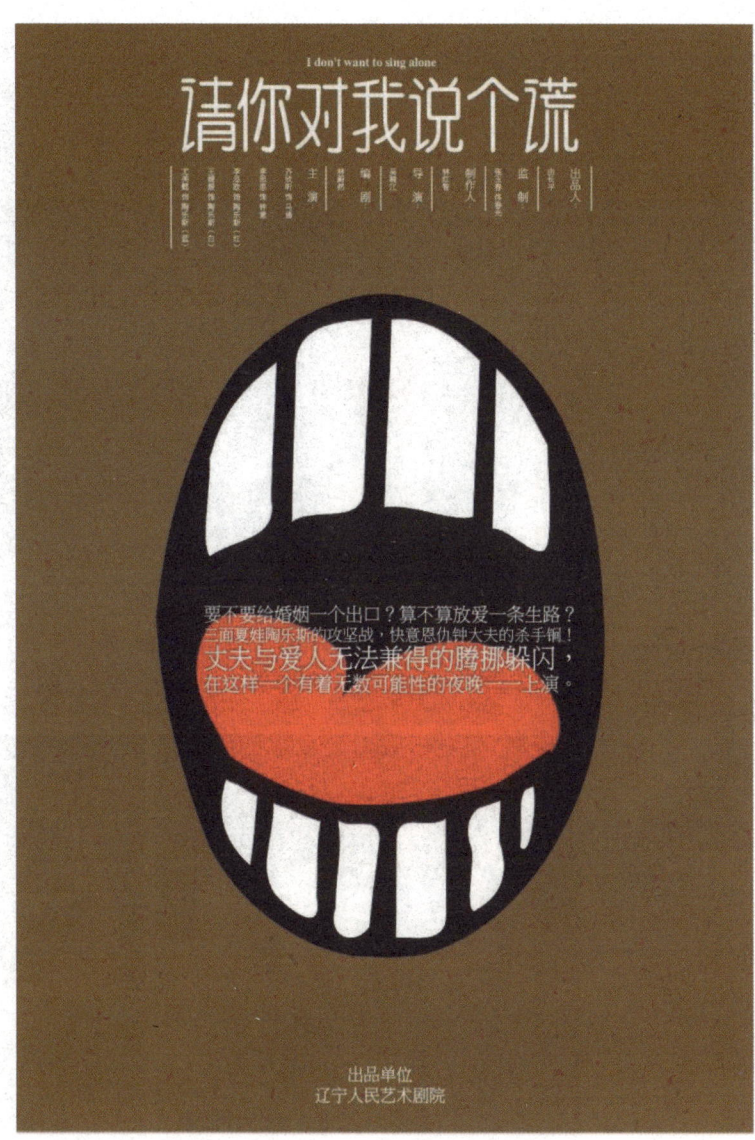

002

《请你对我说个谎》剧照 辽宁人民艺术剧院提供

▲《请你对我说个谎》剧照　辽宁人民艺术剧院提供

《请你对我说个谎》剧照
辽宁人民艺术剧院提供

【小剧场话剧】

请你对我说个谎

I don´t want to sing alone

林蔚然

【台上是一副风情万种的家居场景。这是一个现代开放式的居室环境。客厅里唇形的沙发鲜红欲滴,放下它,就是一张舒适的床。也许暗藏丰富的弹簧,跟儿童乐园里的蹦床一样呢。

【也许还有粉红色豹纹墙纸这样狂野而骚动的装饰,暗合主人内敛闷骚的一颗心。然后,也许客厅里竟然有滑梯,这就是通往二楼的道路,楼梯被取而代之——想从二楼的卧室下来到客厅,就滑下来好了。而在阳台上还有一架秋千,主人貌似经常在这里晒着太阳活动身心,也许还有其他的用处。还有一副跷跷板……总之儿童乐园里的东西在这个家里都能见得到,可见主人是个死也不肯长大的老男孩。

【开放式厨房就在客厅里面。奇怪的是,马桶在客厅里占了重要而突出的位置,它状如一颗心,真皮座椅,彩绘,上面排列着各种按钮,每颗按钮按下,都将使这只马桶人性化的高科技功能添上浓墨重彩的一笔。马桶和折叠浴室连体,这更是神奇的设计。

【男主人公35岁,是一个马桶设计师。他醉心于自己的职业。他的名字叫马通,跟他伟大的职业非常一致。他有设计师的风流倜傥,或者带点神经兮兮的苍白,或者皮肤黝黑留着些微胡须。他对马桶的要求第一是舒适,适合亚洲人的臀部形状和发展趋势;第二是贴心,强调以人为本的高科技,温水冲洗,自动擦拭,全程三十六种香型随意调试;第三是外观,从绚烂到平淡,从风情到个性,为主人量身定做。

【他的情人是他的工作伙伴。纸业公司的销售主管。27岁。她的名字叫陶乐斯。陶乐斯对于各类面巾纸、厨房用纸和卫生纸要求非常苛刻,她的包里随时有最美最柔韧的纸巾。

【陶乐斯有天真的一面,看起来非常稚气娇憨,如同少女一样甜美冲动,善良软弱,坚信爱情至上,能够善解人意地止步,甚至掉头逃走,这一面渴望得到温暖呵护,甚至一个家庭,一个婚礼,一个丈夫。这时候的陶乐斯是白色蝴蝶兰;有疑虑重重理性冷酷的一面,非常精明会算计,怀疑自我怀疑一切,不动感情暗藏杀机狠得下心,这时候陶乐斯是蓝色妖姬;

也有不计后果,争强好胜,风情无限,享受爱恨快意恩仇的一面,注重自我全部感受,这时候陶乐斯是红色郁金香。

这分别由三个女演员来扮演。

【他们是在一次马桶博览会上认识的,或者是在一次家居用品博览会上。两个人在对马桶和卫生纸的观念上一拍即合,都是对生活有着极高品质要求的人。迷恋就这样一往无前地产生了,马通并未掩饰自己已婚的事实,然而他对于钟大夫也绝不多谈,就如同钟大夫只是生活中的一只沙发,她就在那里了,在那所房子里,没什么特别要谈的。陶乐斯当然也不多问,她恪守着游戏规则,同时她相信,这个男人是爱她的,因为他们是同样的一类人。他不可能找到更懂他的女人,他的钟大夫大致应该是乏善可陈,医生还能有什么想象空间?

【马通的妻子钟大夫是一名妇产科医生。30岁,冷静冷漠有心计。她的名字叫钟意,马通叫她钟大夫。面对婚姻生活中的第三者们钟大夫一一化解。这一次她决定按自己的生活规划,要一个孩子。

序幕

三面夏娃陶乐斯

【陶乐斯红白蓝三个扮演者静静走上。音乐中旋转起舞,停住。她们穿着有纽扣的衣服。每个人说台词,她们都同时系上一颗扣子。

白:(静静地把第一颗扣子系上)妈妈说,扣子要扣到最上面的一颗,女孩子将来才会幸福。

蓝:我一直信以为真。一直到我二十岁,周围的姑娘都有了男朋友。只有我,每次都跟男孩子成了兄弟。

红:所以我决定反思自己,解开一颗扣子(加以动作)。从那以后,我的男人缘好了很多。(再解开一颗)只是我每次遇见的都是已婚男人。我也很奇怪。

白:(拽掉一颗扣子)第一次见马通,我的扣子掉了一颗,那是一种奇怪的预感。我跟这个男人,会有点什么故事。

【穿着浴袍的马通出现在折叠马桶洗手间里。

马通:我的名字叫马通。我是个已婚男人。我有一个女朋友,她叫陶乐斯。

【红白蓝渐渐活跃起来。

白:我想,我还是应该结婚。婚姻家庭关系是人类最普遍、最亲密、最美好的社会关系。这是马克思说的。

蓝:可没有爱的婚姻是不道德的。这是恩格斯说的。

马通:恩格斯终身都没有结婚。马克思到了四十岁的时候终于说,结婚是最愚蠢的事。

红:天底下没有拆不散的夫妻,只有不勤奋的小三儿。

白:(犹豫地)小点声儿,小三儿可不是什么好话。

红:(笑逐颜开)小三儿。一二三的三,后头得加儿话音。多么柔和的发音,多么俏皮的名字,古代叫偷人。偷,就是浮生偷得半日闲的偷。潘金莲想偷武松,没偷成,结果被西门庆偷了。

蓝:在某个特定年代,小三儿被叫成"破鞋"。踏破铁鞋无觅处,得来全不费工夫。

马通:这就是陶乐斯,我喜欢的姑娘。(拉上沐浴

的围帘）

蓝：马通说，他爱我，他说这句话的时候，眼神在飘来飘去。

白：每个早晨，我从一睁眼开始就变得孤单。在冰冷的空气里醒来，那种感觉让人绝望。我想让马通离婚，跟我结婚。

红：结婚？你不觉得，这是件挺扯的事儿吗。我还没玩够呢。不过，（对白）我可以试试马通，他到底是不是真的爱我。

白：（下决心地）如果他爱我，我就有勇气跟他在一起。

蓝：要是，他不爱呢？

【灯光亮起，家的氛围。卫生间传来沐浴的水声。
【红走进马通的家，她发现马通的家竟然如此活色生香，她非常惊讶。因为发现钟大夫在这个家庭中如此明显地存在，她的目光从卡通结婚照上掠过，在摆放有序的酒具上掠过，在各种标签的洋酒上掠过。
【白和蓝走到舞台一侧，冷眼旁观，时而交头接耳。
【水声停了。红把手机放在沙发前的茶几上。
【马通穿着浴袍走出来，看见红穿着蕾丝睡裙，欣赏地端详。他走到吧台前，从一排高脚杯的第七只处拿了一只,给红倒了一杯红酒。

【红接过红酒,挑逗地抱住马通,马通渐渐迷乱,反手抱住红。俩人调情。

【马通拥吻红。他脱掉红的外衣,露出惹火的蕾丝睡裙。他欣赏地端详。

红:你怕不怕她回来?

马通:当然不怕。讲个笑话给你听。(笑)我们家找小时工如果是女的那就不能低于五十岁。我老婆时刻都在怀疑我可能跟任何女人上床。我又不是性亢奋,24小时都发情。

红:可网上说,男人每五秒就有一次性冲动,狗每十秒才有一次。

【马通欲吻红。

红:(一偏头闪开)你爱我吗?

马通:爱。

红:跟她离婚,我们结婚。好吗?

马通:(含糊地)婚姻只不过是个形式,无聊恐怖的磨合期,无休止地争吵,可能还会有暴力和冷暴力!我跟谁结婚并不重要,重要的是我们之间,是爱。

红:你爱你的钟大夫吗?

马通:我们之间是亲情。亲情是可以培养的,爱情却没法培养。我爱你。

【马通和红彼此热烈缠绵缠斗,一段热辣的舞蹈,二人倒在沙发上。

　　马通:苦苦纠缠这些事情有什么意义呢!我们在一起很快乐,这不就够了吗?

　　红:(媚人一笑,她的指尖碰到沙发缝里一盒安全套,打开拿出,抖开长长一联,其中缺了一个)我要蜜桃味儿的。

　　【这时候有点儿紧张、一路小跑的钟大夫,马通的妻子来到门外。她用钥匙开门,门被马通反锁住了。

　　钟大夫:(紧促敲门,同时说)老公,我回来了。

　　【时间就定格在这个瞬间。

第一场　逃离

马通:我老婆回来了。

【红坐起来。蓝和白都站起来,惊诧地。

红:他老婆回来了。

【红蓝白对视。

红:(一惊之后又有点儿豁出去)看来,今儿还真得撕破脸了。

白:(惊慌)说什么呢! 赶紧藏起来!

红:藏哪儿啊? 这么大点儿地方?

白:沙发?

马通:对,沙发!

【白拉着红躲到沙发下面。蓝模拟钟大夫在沙发上看电视,轻而易举发现沙发下面的红。

【蓝拉着红去阳台,白模拟钟大夫去阳台晾衣服,轻而易举发现在秋千上的红。

蓝和白环顾四周,把红拉进卫生间。红坐在马桶上。蓝和白对视,纷纷摇头,红伸手做冲水状,水响,三人走出卫生间。

红:在他家里想躲,那是不可能的。他老婆对家里哪个角落不熟悉?有一点变化她会不知道?

白:可这是偷情!被他老婆堵在家里,要是传到公司里,那些早就看我不顺眼的恶势力一定会在董事长面前添油加醋,在这个步步为营的年代,不可以行差踏错。

【敲门声又起。

白:(下决心地)不能面对面,肯定打起来!

蓝:也许马通会保护我。会勇敢地站出来,对他老婆说,他爱我,他准备跟我在一起。那样的话,我就不躲。

【红白蓝一起看向马通。马通慌忙示意红躲起来,红站着不动。

【敲门声变得不耐烦。

【马通看看红,急中生智一把将红推到衣柜里;往白身上丢了一件衣服,一把把她搡到阳台上;把蓝抱起来运到卫生间,打开马桶将蓝塞进去盖上盖子!

【红无奈地从沙发前部露出头来。

红:(恼怒)马通你个混蛋,沙发下面的灰有一块钱钢镚儿那么厚,都蹭我身上啦。

白:(有点懵)马通你个混蛋,阳台能把人结结实实冻成冰棍……(打喷嚏)

蓝:(蹲在马桶里,把盖子伸手撑开,坐在水箱上,感觉匪夷所思)马通你个混蛋!我又不是大便,一按钮就能冲走。这哪儿是人待的地方?

【敲门声变得不耐烦。

钟大夫:马通!为什么反锁?开门。

【红从沙发底下爬出来,气急败坏拍拍身上的灰尘,拿上那杯红酒。

红:我不躲!要么今儿鱼死网破。我丢不起那人,比当小三儿还丢人。

马通:来不及了……你要是不躲起来,今天事儿就大了。

【蓝和白都气急败坏地从卫生间和阳台上走出来。

白:(急了)我躲!(接过红手中的酒杯,飞快躲进衣柜)

【马通飞快打扫现场,把安全套藏起来,装作睡眼惺忪跑去开门。

【钟大夫走进来,狐疑地看着马通。

钟大夫:手机关着,家里电话没人接。你干吗呢？反锁着门干什么？

马通:(伸懒腰)我工作那么辛苦,缺觉啊！你又不是不知道我最恨被电话吵醒！

【马通殷勤地给钟大夫脱大衣,接过手提包。他把大衣和手提包放在沙发的一角。

马通:你不是值大夜班吗,怎么回来了？

【钟大夫走向衣柜。

马通飞身拦住钟大夫。

钟大夫:干吗？

马通:老婆……

钟大夫:(欲开衣柜门)……

【马通情急之下一把抱住钟大夫。钟大夫吓一跳。

马通:值了好几个夜班了都！我们已经……一个月没有亲热过了！

钟大夫:(厌倦地)哪有一个月？上周还……

马通:(怕陶乐斯听见,连忙止住钟大夫)上周还值夜班,这周又值！

钟大夫:我是大夫,你又不是刚跟我结婚。值班不是家常便饭吗？

马通:我今天想你了。真的,特想。

钟大夫:(叹口气)你啊,洗了澡没有?

马通:洗了!刚洗完,向毛主席保证。

钟大夫:那我去洗。

【钟大夫像快进录像一样,小碎步进了卫生间,拉帘,水声。

【马通飞快地拉开衣柜,白瞪着马通。马通把白一把给拉出来,把大衣和皮包、鞋子劈头盖脸塞给她,示意她快走。白站着不动。

红:(怜惜地走过去,给白把衣服披上)让你不要躲。躲到最后,心里更难受。

白:(难过地)总是在看人演戏,有时候还得跟人搭戏。就算有时候生活需要扮演,可不能全都是假的。

红:(接过白手里的酒杯)给我吧!不想喝就别喝了。

白:(夺过酒杯)我以为马通不一样……(一饮而尽)敲门声响起以前,我心里有点儿盼着他老婆出现……我想要个结果。

红:(看着蓝)你怎么不说话,想什么呢?

蓝:我在想,马通刚才惊慌失措的样儿。他怎么这么不像个男人。

【马通头顶追光起。蓝起另一束。

马通:我当然是个男人。我有一份体面的工作,是个有身份的设计师。我设计的是马桶,我喜欢坐在马桶上那种回家的感觉。让我们的灵魂真正得以安放的方式,就是坐在适合自己的马桶上。

蓝:他每一句话的第一个字都是"我"。当他说:"我们",那只是为了迅速拉近距离,让对方认同他的观点而已。但我喜欢这样的男人,他眼中有你的时候,你会以为他要给你整个世界。

【马通给蓝穿上大衣,蓝套上靴子。圣诞音乐。蓝和马通在平安夜的街头约会。

蓝:说吧,我猜不出来。

马通:这件圣诞礼物是一件很神奇的东西,能给你安全感,代表我对你的爱。

蓝:(有点幸福甜蜜,又疑惑)钻石戒指?

马通:(有点儿窘,微笑着摇头)没那么俗。

蓝:巨额人身保险?

马通:(仍然微笑摇头)……

蓝:(有点放弃,乱猜一气)……防盗门?

马通:(无奈,从背后拿出一个瓶子,得意地)防狼喷雾。

蓝:(瞠目结舌)……

马通:我不能接送你上下班,就让它陪着你,碰见坏人,你就拿出来那么一喷!

【蓝脸色变,欲摔。马通眼疾手快一把攥住蓝的手。二人僵持。

马通:(解释地)我想了很久,包你有,都是大牌子,香水在你化妆台上站了两排,鞋装了半间屋子,衣服已经从衣柜里淌出来了。我能助长你这种浪费的习惯吗?

【蓝没说话。

马通:(自问自答地)当然不行!

蓝:我不缺钱。我可以自己买名牌包名牌鞋子名牌衣服名牌香水。可是马通,作为男友,你给我买过什么值钱东西?

马通:(安抚地)这方面我是有点粗心。有时候我想起来,觉得很过意不去,但转念一想,就把心放下了。因为我知道你跟其他女人不一样,你大气!所以我珍惜你呀。

蓝:(有点儿缓和,但还是不快)你就是嘴好。

马通:(亲昵地)好吧,小孩,你还想要什么?

蓝:我要什么你都给吗?

马通:(心里有点儿后悔)我知道你不会过分的。你说。

蓝:(看着马通,故意地)我想要一个有家庭温暖的圣诞节。

马通(装糊涂):我跟你在一起,不就是家庭温暖吗? 咱们回家!

蓝:好啊,回你家。

马通:(企图蒙混过关)别闹,乖。

蓝:(坚持,盯住马通眼睛)今天过节,我想去你家。

马通:(笑)又开玩笑。我今天表现还不好? 陪你看电影,吃饭,待会还要……(企图吻蓝,蓝躲开)

蓝:你老婆今天值大夜班。明天上午九点才回家。我会在那以前收拾好离开。

马通:(见蓝坚决,一时间僵住)……

蓝:(见马通迟疑,掉头就走)你不同意,以后也别见面了。

马通:(犹豫两秒,一把拉住蓝,温暖地微笑起来)你真的想去我家?

蓝:(盯着马通)对。

马通:(灿烂地笑着)其实我已经在心里想了很久了,只是我怕你不愿意。

蓝:(有点儿疑惑地看着马通)……

马通:(诚恳地)我以为,这是我们之间最忌讳的话题。我是个结了婚的人,可又不能控制我对你的感情。从开始我就错了。

蓝:(有点软化,怜惜马通)这事跟你没关系。赶上了,也没办法。

马通:(见好就收)乐乐,我以为你说想去我家是随便说说的。我其实希望带你去看看,看看我的生活,对,还有那只我自己设计的极品马桶。那是我们相识的见证!……那明天早晨七点钟我送你下楼。

【马通身上的光渐收。
【与此同时,蓝白红用完全生活化闲聊天的口吻聊着。

蓝:你们想想他的话,有几句像真的?我怎么觉得半信半疑的,

白:他说的话,都像在哄孩子。可在当时吧,我愿意相信。越容易相信,就越容易快乐,哪怕是自己哄着自己。就这么一个平安夜,较什么真儿啊?

红:其实你也说不清楚为什么你要来,怄气?就非得来,来干吗呀?受刺激?

蓝:也不是。就觉得想较这么个劲,我老怀疑他骗我,他不爱我呗。

红:帅能当饭吃吗?要让我跟他结婚,我还嫌他

太抠门儿,太装大尾巴狼呢。

　　白:是爱情。开始一看见他,我就跟过电似的。后来知道他已经结婚了,我心里也挺难受挺别扭的。

　　红:那也没辙。已经陷进去了,楔进去的钉子它是拔不出来了。

　　蓝:来之前我以为我爱他,他也爱我。来之后我觉得哪儿哪儿都别扭,可又说不清楚,我怎么觉得眼前这马通跟我这几个月来认识的那个马通不一样。我有点儿心烦。

　　红:享受生活吧。甭管是蜂蜜还是料酒,倒满了酒杯,就得喝下去。

　　蓝:他一直在躲躲闪闪遮遮掩掩。

　　白:也许他是为了保护我,才让我快躲,快跑。

　　红:(有点儿无谓地)赶紧走吧,再不跑,他老婆洗澡出来,就来不及了!

　　【白飞快穿上鞋和大衣,拿起皮包,往外跑,就差一秒,钟大夫走出来。两人相遇。

　　红:看我说什么来着……三十一秒。你晚了。

　　白:总不能光着跑出去吧?

　　【马通把钟大夫拉回卫生间,示意白还回衣柜。白无奈,脱掉衣服和鞋子,如同倒带,又回衣柜。

　　【白再次出来,算到钟大夫要出现,藏在沙发后面。钟大夫走向沙发,白伺机躲到阳台上,钟大夫过去拉窗帘,白藏无可藏。

【马通再次把钟大夫拉回卫生间。

红:停!我看明白了,速度。首先,刚才那个环节里头,你起码得迅速穿好衣服,像消防员一样穿上衣服!三十秒钟!(说着上场示范)

红:时间就是胜利,时间就是脸面,你这么磨蹭,肯定没戏。你再试。

【如是几次。白无论如何争取时间,都还是被钟大夫撞上。钟大夫走回到卫生间。

马通:为了争取时间,我会想办法缠住她。但是乐乐,你千万不要生气。

红白蓝:嗯?

【钟大夫这次自发地重新走出来。白完全没有防备,目瞪口呆,她被迫一头钻进沙发底下。

【马通一眼看见茶几上陶乐斯的手机,迅即塞进了沙发缝里。

【马通拉着钟大夫,跟自己激情缠绵,就在沙发上。

【白趴在沙发底下目瞪口呆,渐渐地悲愤沮丧。蓝站着怒目而视。红劝着蓝。

【钟大夫和马通两人在沙发上恩爱,沙发缝里的电话响了,铃声很娇嗲。

【沙发底下的白,外面的红和蓝都傻了。
【钟大夫到处找。
钟大夫:什么在响?你手机不是这声吧?
马通:是是,我换铃声了。
钟大夫:(求真务实)什么时候换的?
马通:今天……
【铃声响啊响。
【白抓狂了,不堪忍受,自己狼狈地爬出来,淡定地穿上衣服,一面蹬上靴子,拿起电话接听。
白:喂?是我。哎,好,我知道……
【马通傻了。钟大夫愣了。
【白走出门去。红大笑。蓝皱眉不以为然。三人讨论。

红:躲没用。你知道了吧。
白:(还嘴硬)留得青山在,不怕没柴烧。这种时候硬碰硬,大家脸上难看。我是没办法,如果手机不响,我就会等机会出门。
红:少说了一字儿——逃。逃出门。
白:怎么了,不逃还怎么着啊。
红:不逃!我今天来,就是来过圣诞节的。甭管什么结局,我都认了。让我逃?太没脸。
白:(不同意)你疯了你。你留这儿想干吗?你今儿是为高兴才来的,不是来摊牌的,别搞错了。这点我同意她,保存实力才能继续跟敌人战斗!

蓝:(愣愣地)敌人?那只是我们假想出来的,我们才是别人的敌人吧。

【红白蓝同时沉默。

白:(给自己打气)虽然慢慢发现他有很多毛病,不如当初那么吸引我,但毕竟我还是喜欢他的。不管怎么样,马通还是爱我的。

蓝:你真的那么确定吗?

白:(有点儿没底气)你难道不这么想吗?

蓝:(讥讽地)你被他塞进沙发底下,是个什么滋味,自己心里应该明白吧。

白:(一下被噎住了)……

蓝:(悠悠地)在街上他就有点别别扭扭的,进家门的时候就更不对劲。

第二场　发现

【马通头上顶光起。钟大夫走进卫生间。

【马通拉起蓝的手。蓝跟随马通来到马通家。

【马通在带蓝进门,他飞快地朝邻居的门张望了一下。蓝觉察到了。

【马通带着蓝进门,开灯。第一件事就是把门反锁上。

【他给蓝拿过一双男用拖鞋。

马通:你穿我的。

【蓝很满意。马通周到地帮蓝脱大衣,从蓝的衣服上摘下一根长头发。蓝注意到。

马通:最近别老熬夜,用电脑,你看你头发掉得厉害。我会心疼的。

【马通把长头发小心地握在手心里。他把蓝的手提包接过来。

蓝:我的手机。

【蓝拿出手机握在手里。

【马通把大衣和提包拿到客厅,想了想又小心地叠起来,放进衣柜。趁蓝不备,马通把蓝的鞋小心地包起来跟大衣放在一起。

【马通快速审视屋里,发现沙发上丢着的蕾丝睡裙,旁边丢着一盒安全套。马通大惊,刚想藏起来,蓝跟过来。马通变通极快,把蕾丝睡裙和安全套放在身后。

蓝:你手里拿着的是什么?

【马通藏,蓝抢。马通见蓝身手敏捷,顷刻又是计上心来。马通放手让蓝拿。

蓝:(醋意上心头)她的睡裙很性感啊!还有安全套……水果味的!你不是说跟她很久没有亲热过吗?说什么没有感情,性生活等于零!骗子!(摔在地上)你们通常都在沙发,在地板,还是那只秋千?

马通:(哈哈大笑,捡起地上睡裙和安全套)傻孩子,这才是我送给你的圣诞礼物!

蓝:(见马通笑得自然,虽然不信但也愣了一下)你当我是傻子?我会相信你吗?

马通:(正色)在某些时候,你确实是。你以为我这么心细的人,会忽略这一点吗?

蓝:撒谎。送给我的,没有包装?送给我的,会放在你自己家里的沙发上?送给我的,会缺了好几个?

马通:(只有撒更大的谎)因为我早就想好,今天要带你回来。

蓝:(惊愕)你说什么?

马通:对,这是属于我们的平安夜。我要带你回来,没想到你先提出来了,所以我其实又被动了。

蓝:刚才你为什么没说过?一整晚你都没有流露出这个意思,现在想让我相信?

马通:乐乐,虽然承认会很没面子,但是,这确实,是真的。不然你以为我把它们放在沙发上,等着我老婆明天上午下班回来发现它们?让她跟我闹个鸡飞狗跳翻天覆地?我是为你准备的,为我们准备的。缺的那个,我放在车上备用。

蓝:如果我不来呢?

马通:我会说服你来。我只是希望看看你的态度。你主动提出跟我回家,我不敢相信,就又试了试你,结果……我很满意!如果你坚决不肯来,我会很伤心。

蓝:(顺着马通的思路)那样的话,你会跟我回去。而你老婆明天早晨下班会发现这个?

马通:有可能。

蓝:那你们会吵架,会闹,会不可开交?

马通:完全有可能。

蓝:(小声地)我倒希望她跟你闹个翻天覆地。这样你就可以离婚了。

马通:别小心眼了。你是陶乐斯,最大度最有心胸最可爱的女人。你别忘了,我老婆是妇产科大夫。这个职业很容易把人体看成器官分解图,这是专业态度,也是自我保护的方法,所以她是性冷淡。你觉得,对于她,这些东西用得上吗?

蓝:(这下基本解除怀疑了)随你怎么说吧。

【马通把电话线拔掉,手机关掉。

马通:(亲昵地)我不会让任何人打扰我们。我去洗澡,你要一起来吗?

蓝:我洗过了。

【马通头顶光渐收。他走向卫生间,拉围帘。里面伸出钟大夫的手。马通惊愕,跟钟大夫嘀嘀咕咕商量着。钟大夫在围帘后穿好衣服,走出来不情愿地被马通推推挡挡地劝进卧室。马通进洗手间,水声起。

红:你觉得哪儿不对?

蓝:你有没有留意到,马通进门的时候,让你穿他的拖鞋,把你的长头发从大衣上拿下来。拿你的大衣皮包和皮靴藏进衣柜。拔电话,关手机。我开始没有在意。可是刚才,他让你躲起来。

白:有问题吗?穿他的拖鞋比穿他老婆的拖鞋感觉自然,帮我摘掉大衣上的头发是体贴,帮我叠衣服放皮包皮靴也算殷勤。拔电话关手机是不想让其他人打扰我们,让我躲起来,是怕我撞见他老婆后果不堪设想。

蓝:所有的细节都有另一种解释。我看到的让我动摇让我没信心。让你穿他的拖鞋,把你的皮靴藏起来,如果他老婆忽然出现,起码在进门的时候发现不了;摘掉你的头发是怕粘到别处日后解释不清;拔电话关手机,一旦他老婆回来问起,就说自己太劳累不想别人打扰;让你躲进衣柜,那衣柜里头是人待的地方吗?所有的细节都表达了,他怕他老婆发现你。他更在乎老婆,他怕麻烦,他不爱你。

【随着白和蓝的阐述,马通快转又定格,重复着他进门的动作。

白:……他爱的是他老婆?不,我觉得根据不足。这只是你的主观猜想。你总是思虑过重,心事太多。

红:(悠悠地)其实爱不爱,又怎么样呢?(一饮而尽,走到酒柜旁去拿酒)

蓝:马通仔仔细细地挑了第七个酒杯给你。我不知道为什么。他好像经过考虑,有什么特殊,我不知道。但我觉得这不一样。

【钟大夫从卧室出来走到酒柜旁边。她拿了一个朴朴实实的茶杯。钟大夫打开一个药瓶,往茶杯里放了一片药,然后倒水,摇晃着。

马通:又吃药?

钟大夫:是啊。一片可以安神。你知道我睡眠不好。

马通:那你好好休息。

【钟大夫走下场,去了卧室。后面有通道,钟大夫可以再次从门外上场。

马通:我可以这样把她哄走,但是前提是你不能在场啊,乐乐。

红:我已经在场了。所以你的前提不成立。

马通:乐乐,别跟个小孩似的。我这都是为了你好,为了咱们好。

白:跑是没用了,试了这么多次都没用,灰头土脸的。

马通:你看,你非要来,任性啊。劝不听说不听的。现在好了,怎么办你说。

蓝:他有点烦躁不安,态度一秒一变。

红:要我说,我不躲,我也不逃。

白:(看蓝)你呢?

蓝:(迟疑)我……没想好,我觉得这事,还是要应变,看他老婆的反应。就算来不及跑,撞上了,也要端庄地坐在她面前,用气势压倒她。

白:咱们是讨论怎么跑。我还端庄地坐她面前。你歇菜吧,你觉得可能有这种情景出现吗?那一定撕破脸了。

红:我才不怕,撕破脸就撕破脸。

蓝:你还挺有经验。

红:很不幸,我每次恋爱,对方刚好都是有老婆的人。所以……

白:所以什么?

蓝:(讥讽地)那你应该业务很熟练了。

红:……我逃腻了,行吗?这次我下定决心了,我不逃,说什么都没用。

【一片沉寂。红白蓝都看向马通。马通意识到。

马通:看着我……干吗?

红:想知道你的态度。

马通:我的态度?我的态度……很明确。

蓝:是什么?

马通:……

白:逃跑还是留下?

【钟大夫走到门外,同前:"我回来了,马通。"

白:我还躲进衣柜吗?

马通:(拉住白)我……保护你!

白:(眼里崇拜地看着马通)……

马通:让她来吧!

【话音未落,钟大夫一脚破门而入。

【马通情急之下用手中被单罩住钟大夫的头。

马通:(慌乱地大喊)老婆,哈哈,你回来啦?猜猜我是谁?

【红白蓝愕然,纷纷嗤笑着摇头。

【钟大夫从被单里出来,整整头发,鄙视地看了马通一眼,扬长而去。

蓝:马通,你真有这么蠢吗?还是故意让我难堪?

白:我一直相信,你跟她已经没有爱情了,名存实亡的婚姻,是牢笼。

红:爱情,到底你能不能给得起,我不想多问。每一次我都在透支自己的青春,反正青春过去了,也就过去了。我还能折腾几年?

白:你要是真的爱我……

蓝:为什么连个保护我的好办法都没有?

马通:这个时候你来埋怨我?平时也不是没陪你过节啊,为什么今天一定要来我家,一定要逼我跟你过这个圣诞节!

红:过节,我跟你过了几个节?愚人节植树节万圣节,我都给你数着呢。有一个正经节吗?你口口声声说你爱我不爱你老婆,情人节你还是要陪她一起过。我们到底有爱情吗？

【马通不说话。

蓝:那么感情总是有的吧？……还是你觉得,什么都没有？

马通:(烦躁地)你不要逼我了,你想从我这儿榨出什么来？火烧眉毛了!

红:(笑起来)其实我们应该过个情人节,我确实是你的情人。相对你的婚姻来说,我当然是你不道德的一段关系。对吧？

马通:(嘟囔着)说这些有用吗？你知道我有老婆,我们是你情我愿的。

红:以前是。现在我不想跟你再继续了,今天之后我就要离开你。

【红打电话。

红:(对电话那头)你来接我吗？我同意做你女朋友。

【马通愕然。

红:(看着马通,对电话)是啊,去你那儿。

【马通连忙抢电话。

马通:乐乐,别闹了。我是真的爱你。不要闹了。

红:(对电话)我跟你开玩笑的,圣诞快乐。

【挂了电话的红,冷冷地看着马通。白和蓝都冷眼看着马通。

红:马通,我想看你为我哭一次。

【红拿起催泪瓦斯。

马通:(大惊,欲跑,动作顷刻拉长变缓)乐乐,不……要……这……样……

【白和蓝慢动作上前挡住马通的去路。红已然冲马通的脸轻轻按下。

【马通顷刻抓狂,眼泪鼻涕一起奔流。

红:(恢复正常节奏,冷冷地)谢谢你的眼泪,还赠送了这么多鼻涕。

【马通哭得说不出话来。

红:(转身对白和蓝)姑娘,看清楚了吧,人都是贱的,给脸就上鼻梁。逃避是没有用的。我们做有妇之夫女朋友的,要活色生香,更要有勇有谋。我要逼他面对现实!他既然说爱我,就应该当面做出抉择!

【白捂住脸。

【蓝愣住了。

第三场　面对

【钟大夫在门外。钟大夫敲门。

白:(天真地)马通,你会站在你老婆这边,还是我这边?

【马通怔怔地没说话。

蓝:(怀疑地)马通,你会站在你老婆这边,还是我这边?

【马通低下头。

红:(咄咄逼人)马通,你会站在你老婆这边,还是我这边?

【马通抬起头。换了一副笑脸。

马通:站在你这边。

红:(盯着马通)好。

【话音未落,钟大夫一脚踹开了门。

钟大夫:这么长时间不开门?是来客人了啊!这是刚来啊,还是要走啊?

红:来了一阵子了,也还不打算走。

钟大夫:(打量红)胆子够大的。

红:谢谢。我就当夸奖收下了。

钟大夫:马通,介绍一下吧。

马通:陶乐斯,是我的工作伙伴。

钟大夫:平安夜在家谈工作啊,你真是辛苦了。

马通:(尴尬地笑笑)这个活有点急,所以没有办法。平安夜也得加班,干我们这行实在是没有白天黑夜。就商量去哪儿聊呢?还是回家暖和,今天过节嘛……

钟大夫:哦……马通,你手里的报纸拿倒了。

【马通把报纸正过来。尴尬地笑笑。

马通:我在练习倒着看报纸,猜字儿呢。

钟大夫:嗯,一边倒着看报纸一边谈工作,难度还挺大的。

马通:(继续胡说)是啊,我们整个团队在工作的时候都喜欢换换脑子,这个项目很好,以后你工作累了也可以试试,转移注意力很有效。

钟大夫:(忽然逼问)你们到底在干吗?

红:(一字一句然而无比清楚)我们刚才就在这张沙发床上。你说呢?

【钟大夫走到酒柜旁边拿过瓷杯,倒了杯水。

【钟大夫再回头的时候一杯水泼向红。

【红早有防备。闪身。

钟大夫:身手不错啊,看来经常有这种经历。

红:你出手也挺快,看来也老是跟不同的女人打这种遭遇战。

钟大夫:看我们家马通,脾气好着呢。就是糊涂得分不清家里外头,什么野鸡狐狸都往家里带,也不说闻一闻,是不是烂货。

红:要不他娶了你呢。我以为原配都得温柔贤惠能忍会让。看你这样,还真不像。二手的?

【钟大夫奋力举起一把椅子冲过来,马通抱住钟大夫。钟大夫作势抡马通。红顺手拿起台灯要扔过来。

马通:(惨叫)别扔!那是我从国外带回来的!

钟大夫:(对红)你给我放下!那是我家的东西!

【红见二人如此默契,更怒,大力将台灯向外丢。马通死死抱住红的胳膊不撒手。

钟大夫趁机冲上来。马通拦在二人之间。

蓝:(对白)还不快上,要吃亏了!

【蓝和白冲了上去。马通死死抱住红。一群人在滑梯秋千等等之间追逐。

【红白蓝兴奋地把相册、杯子等等乱七八糟的东西扔向钟大夫和马通。马通一边保护财产,一边拉着偏架。

【红急中生智使用催泪瓦斯,没想到却喷在马通脸上!马通涕泗横流,掩面悲恸。红白蓝愣了。钟大夫借机凶悍地将陶乐斯们一一撂倒。红倒在沙发上,白飞进衣柜里,蓝趴在马桶上。马通擦干眼泪,收拾着残局。

【钟大夫打出完胜手势和字幕,气宇轩昂地下场。

蓝:(无限失落)失败了……

红:(激愤地)我怎么会被她灭了呢?

【白不说话。

红:哎,你怎么不说话啊?

白:也许他老婆没咱们想象得那么彪悍,一个大夫,怎么说也算个知识分子,还至于跟泼妇似的。

红:你怎么老是那么体谅别人呢?

白:她也可怜。

蓝:你不可怜?你别忘了,你一个人在家里生病的时候,他手机关机,找不到人;大家都团团圆圆过节的时候,你自己对着电脑通宵上网,把电视机开得声音巨大;你一个人吃饭,一个人看电影,一个人去旅行……

白:那次去香港,他答应过我跟我去的。

蓝:可在机场,飞机马上要起飞了,他人不出现,打了三十多个电话都不接。

白:后来他跟我解释了,他公司临时出现紧急情况,在开重要会议。

蓝:都是借口。有什么会,重要得连一个电话都回不了,一个短信都没时间发?而且,你们约定好了去旅行。

红:你还是相信他了。

白:我愿意相信他。

【追光下,马通和陶乐斯(白)在家居博览会上。他们互相注视,互相吸引,驻足在一只马桶旁边。忽然一阵人浪涌过,白慌张之中弄绷了胸前的一颗扣子,扣子滚到一旁。马通和白的视线都随扣子而动。白窘迫,抓住胸前的衣服。马通善解人意地为白拣起扣子,又从自己手里的一本书上取下一个小夹子,给白夹到衣服上,表示"很完美"。白向他感激地笑笑。

马通:你好。

白:……谢谢。

马通:看见你,我觉得,今天下午的天气真是变幻莫测。

白:晴转多云?

马通:不,转成了绵绵细雨。

白:那你应该带把伞。

马通:不需要。我很乐意淋这场雨。

白:(微笑)你太不专注了,我以为你一直在看这只马桶。你却忽然对我说:你好。

马通:确实,在你来之前我一直目不转睛地在欣赏它。它是我设计的,迄今为止我最喜欢的作品。但你比它更让我吃惊。

白:我并不认为你在冒犯我。它的曲线很美。无论女人臀部起伏的圆润,还是男人臀部有力的线条,都能够被包裹得非常舒适和服帖。

马通:我一直认为,马桶是人最忠实的朋友。最贴身,也最贴心。在自己私密的空间里,它是最有安慰作用的。喝醉了,可以抱着它流眼泪,把吃下去的那些多余的东西全部倒给它;需要新陈代谢,它永远在洗手间等你,不离不弃。

白:你很敏感。

马通:你很亲切。你是做什么行业的?

【白从包里优雅地拿出一打纸巾,花纹美不胜收。马通被吸引。白把纸巾摆成美丽的造型。

白:我是柔嘉纸业公司的营销主管。我每天都跟它们打交道。

马通:让我猜谜语?有点难。这些纸巾,只有女人的眼泪才配得上它们。

白：你也喜欢纸巾？

马通：我喜欢任何优雅柔韧的纸，我喜欢抚摩它们的感觉，面巾纸就像轻弹少女脸庞，滑腻温润；餐巾纸就像抚摩熟女的身体，快感清晰；卷纸是马桶的爱人，那是最贴心的纸，最满足隐私欲望的，所以最让人关注。

【白看着马通，马通热切地凝视着白。

白：也许我们可以成为工作上的伙伴。

马通：也许还有更多的可能。

马通：那只马桶被我带回了家。它是不可以被批量生产的，因为那是我全部的情怀。那一天，我的眼中除了马桶，还装进了陶乐斯。

白：我一直记得马通为我弯腰捡那颗绷掉的扣子，他对我笑了一下，我心里好像被什么人扯了一把，有点疼。

【二人身上追光收。

红：你太懦弱。你还自己上了飞机，我当时就很想回来直接去他公司抽他一嘴巴。

蓝：他到底在不在公司，还都不知道呢。

白:我在飞机上就在想,这样一个男人,要是我跟他结婚,我一定会特别失望。女人一旦走进婚姻,就等于把所有的赌本都压进去了。我输不起,所以我怕。

红:这是小三儿的命。我爱上的男人,背后都有一个家。我认命,也因为爱上我的男人都是已婚男人,所以我不相信婚姻。

蓝:我怀疑所有看起来无懈可击的婚姻背后,都有一个黑洞,要跳进这个洞,用自己全身心去堵这么一个窟窿,太可怕了。

【马通收拾完了。

马通:还挺难收拾的,怎么你们打个架就非得摔东西。也体谅体谅我。

【红白蓝看着马通。

蓝:你们知道吗,刚才他拉架了。

白:知道。

蓝:你知道什么。

白:拉架了。

蓝:拉的偏架。

红(笑起来,咬牙切齿):这个贱男人。

蓝:他抱着的,是陶乐斯。他老婆那几下子,我全挨上了。

【沉默。

红:哎,马通,你老婆那么凶悍吗?

马通:没有。她从来不动气。

蓝:他老婆绝对不应该是个泼妇。我觉得,没准比她(指白)还要弱。对付这种女人,摆事实讲道理没准可行,让她离开马通。马通对她已经没有爱了。

红:小三儿跟正室有什么道理可讲的?你讲她也得听啊!这种关系是天敌。

白:你是说,比可怜,是吗?

蓝:对了。

【钟大夫上,敲门。红和白跟蓝窃窃私语,最后退下。敲门耐心而持续。马通最后烦得只好开门,钟大夫进门,看见蓝。

钟大夫:(怔住了,看着马通)来客人了?

马通:啊,工作伙伴,陶乐斯。

钟大夫:你好。请坐吧。喝水吗?我去倒。喝乌龙茶吧,对保持身材很有好处,女人应该常喝。

蓝:(意外钟大夫的客气,攒了半天劲没处发挥)……不渴,谢谢。

【钟大夫从酒柜上拿了一个玻璃杯倒了水给蓝。自己走到酒柜旁边,拿了瓷杯子,往里扔了一片药。她坐在一旁,喝了一口。

【钟大夫捧着杯子,沉默地看着马通和蓝。

马通:(关切地)头疼了?

钟大夫:有点累。你们聊吧,我去卧室。(但并不动)

马通:(尴尬)也没什么可聊的,差不多了。

钟大夫:(抱歉地对蓝)招待不周啊,不知道马通要带朋友回家。

蓝:……没关系,很周到了……已经很周到了……也是忽然之间决定要来的。

钟大夫:第一次到家里来吗?

蓝:是啊,第一次。

钟大夫:早该来家里坐坐,以后常来啊。马通是喜欢跟朋友在一起的人。

蓝:(不知道说什么好了,笑笑)……

【钟大夫从茶几抽屉里拿出一摞照片。

钟大夫:看照片吧。这是马通小时候,他小时候很可爱对吧……他给你看过吗?这是他上中学的,刚打完雪仗,很得意……这是大学毕业典礼的,那时候多年轻多帅……这是我俩结婚时候照的……这是我们结婚五年纪念日照的……

【钟大夫把照片不停地塞给蓝,越来越快。

蓝:(有点懵,照片落在地上)……

【钟大夫塞完照片,静止。

钟大夫:人都说七年之痒,我们五年就已经不痒了。不疼也不痒。(黯然地擦擦眼睛)让您见笑了。陶小姐,你是第七个。

蓝:(不解地看着钟大夫)……

钟大夫:对。你是我在家里见过的第七个马通的女朋友。

【蓝看向马通,马通窘迫地把眼神移开。蓝用力碾马通的脚!马通疼却不敢发作。

钟大夫:我每次都跟自己说,下一次再碰到马通这样,我就离婚。可是一直拖到现在,你来了,我还是不想离婚。我也问自己,想得头都疼了,我们到底出了什么问题?每天我都要吃安神的药。睡不着啊。

马通:(大喊一声,跳起来)啊!

钟大夫:你怎么了马通?

马通:脚抽筋了……

钟大夫:缺钙,你是缺钙,一会去把钙片吃了。

【马通沮丧地歪在沙发上。

蓝:(忍不住)钟大夫,你要是真的觉得折磨,还不如放弃这段婚姻。

钟大夫:(掉眼泪)你,陶小姐。一个圣诞节来到别人家里的女人,让女主人离婚。而我居然还能坐在这儿跟你讨论这些问题。我觉得我自己活得太失败了。

蓝:可是钟大夫,我就不明白,马通让你哭哭啼啼地又吃药又掉眼泪,你为什么不干脆离婚呢?

钟大夫:因为跟谁结婚都一样,从快乐幸福,到索然无味,最后一潭死水。互相躲着,客客气气。你以为跟别人结婚就会好到哪去了吗?你错了。谁都不会比谁更幸运,老天是公平的。

【红和白交头接耳。红不以为然。白同情地给钟大夫递上纸巾。

白:这是我们公司生产的,质量很好。

钟大夫:陶小姐,你人真好。我一点儿都不怪你,真的。我知道,我们的婚姻有问题,不是你也会是别人,你这么年轻,这么漂亮……我挺喜欢你的,虽然刚刚见,我觉得我们会成为很好的朋友。

马通:(听不下去)别说了。

蓝:(站起来)你们早点休息吧。认识你很高兴,钟大夫。

红:你就这么走了?

蓝:不然还怎么样?她哭哭啼啼的,完全是一个弱者。我还待在这儿听她诉苦吗?

红:完全是策略。女人之间的战争就是这么残酷,这都是手段。开枪开炮不新鲜了,改攻心战了。掉眼泪不是示弱,是示威!(对白)你不是能哭吗?你上。

【红推白上去。白站在马通和钟大夫之间。

马通:(焦灼低声地)怎么又说这些?

钟大夫:心里难受。

马通:你能不能别哭了。

钟大夫:(低下头,眼泪更汹涌)……

【马通坐到钟大夫旁边,安慰地拍拍她的后背。白看着这些,怔怔的。

白:钟大夫。

钟大夫:(抬眼看着白)陶小姐?

白:我……

【红示意白顶住。

白:(试着努力眨眼)……

钟大夫:你怎么了?

白:我……听了你的话……心里难受……(哭不出来)

钟大夫:(仿佛识破白的心思)你真是个好姑娘。(递给白纸巾)你们公司生产的纸巾真挺好的,很结实。

白:(哭不出来着急,眨眼睛抽鼻子)……

钟大夫:你是不是感冒了,想打喷嚏?

白:(无语,尴尬中发现散落一地的照片,拾起,递给钟大夫)收起来吧。

钟大夫:(站起,竟然轻轻拉起白的手)陶小姐。

【白显然手足无措了,本能地把手往回抽。钟大夫攥得很紧。

钟大夫:(凝视着白的眼睛)哭不出来,就别费劲了。陶小姐。

【白大窘。

马通:(烦躁站起)我看够了。你们不走,我走。

【马通气冲冲地出门。白和钟互相看着,对峙了片刻,白闪开眼神,掉头就走。

钟大夫:陶小姐。

白:(停下)……

钟大夫:不送了。有空来啊。

【白逃下。钟大夫收拾,下。

红:你真没用。

蓝:这个女人不简单。

白:马通就那么走了,我还怎么再待下去?完全没有底气。

蓝:马通又让人失望了一次。

马通:(上,看着红白蓝)乐乐,你不理解我。那是权宜之计。我待在那儿能解决什么问题?夹在中间我多难受!你为什么不替我考虑考虑?

红:我想知道,前六个带回家的女朋友都是怎么替你考虑的?

马通:这事我得跟你解释一下。我老婆那人疑心很重,她把所有来家里做客的女人都算成我的女朋友。乐乐,如果我是那么随便的人,早把你带回来了。

我会顾忌那么多吗？因为我怕伤害你，才很谨慎地对待这件事……你相信我。

蓝：(冷冷地看着)你自己信吗？你老婆如果是撒谎，你当时为什么不反驳？

马通：反驳只会火上浇油！当时的情景……万一打起来，我怕你受伤害。

蓝：嘿，你为什么总是有一套说辞呢？我是挺佩服你这点的。

红：(对白)笨蛋。(对蓝)你也是，她跟你说以前，你跟她说现在啊。他们的爱情已经早变味了。我来！

【钟大夫上场，敲门。马通劝红躲进衣柜，红不肯。最后红冲过去开门。

钟大夫：(看见红，愣了几秒，又看见站在她身后的马通，明白了，平静地)你好。马通，来客人了也不给我打个电话？

马通：你不是今天夜班吗？

钟大夫：我想起来今天是平安夜。每年到这个时候好像特别忙，都没陪过你。今天就跟人换班，跑回来了，想给你个惊喜。

马通：(嘟哝着)是挺惊喜的。

红：你头疼吗？要吃药吧？

钟大夫：(看着红，走向酒柜，拿药，放进杯子，喝了一口)这位是？

马通:陶乐斯,我的工作伙伴。

钟大夫:陶小姐,你来了太好了。我们两个人在家老觉得人气不旺,冷清。正好。还没吃饭吧?我去做饭。

【钟大夫麻利地换上围裙。

红:(被热情弄得懵了,意识到是伎俩)我来吧,尝尝我的手艺。

钟大夫:(按住红)你是客人,陶小姐。哪有让客人做饭的道理?

红:钟大夫,没关系,今天跟马通回家,就是说好了来过圣诞节。只是没想到你不用上夜班了,你要是不回来,我也应该下这个厨的。

钟大夫:(笑了)我是女主人,不要跟我争。马通,帮我把围裙系上。

红:(瞪着马通,马通不动)……

钟大夫:(笑了)还不好意思,那你去准备碗筷。

【马通不好不去,乖乖照做。

钟大夫:(麻利地干活)陶小姐是哪个大学毕业的?

红:念大学太浪费时间。我高中毕业就出来工作了。

钟大夫:哦?那么年轻就出来工作,一定很辛苦吧……陶小姐做什么工作?

红:(不服输)销售主管。

钟大夫:(笑得更居高临下)哦,那一定酒量很好。一会开一瓶红酒。

红:原来医生也爱喝酒,我真替您的病人担心。

钟大夫:都是马通。他爱收藏红酒,有时候拉着我陪他喝点。我酒量不大,平时只爱喝点乌龙茶。他就爱在外面找些朋友陪他喝,像个孩子。

红:我们第一次喝酒就喝到天亮,他很高兴。

钟大夫:(面不改色)他老是那样,不分时间场合。我也不管他,人总得有点乐趣。你们是怎么认识的?

红:在一次博览会。

钟大夫:又把他的马桶拿去展览了,而且一定又谈他的理论了。

【马通出现在马桶上,喝着咖啡。

马通:人的一生有三分之一的时间,应该在马桶上度过。那是每个人生理和心理的家园。一只舒适的马桶,对于一个追求生活品质的人来说,是必需品。坐在马桶上读一本让人愉快的书,是一种幸福;坐在马桶上想一个让你心旷神怡的姑娘,是一种愉快;坐在马桶上规划你们下一次约会的情节,是一种刺激……

钟大夫:马通,马桶,听起来挺滑稽。马通跟你说了吗,原来他是个建筑设计师。

红:说过。可他更喜欢设计家居用品,他说那是艺术,更美、更贴近生活。我们聊得很愉快,很默契。

钟大夫:他这么跟你说的?我偷偷告诉你,不过你别问他,就装不知道。他脸皮薄。那时候我们刚结婚,他做建筑师,行业不景气,我们很穷。后来有个机会设计马桶,开始他很犹豫,觉得就像脱毛的凤凰,怕同行笑话。后来他去了。我们很快买了别墅买了车。我知道,他是为了我,为了这个家。

红:(抢过钟大夫的锅铲)我来吧。

钟大夫:陶小姐这么好兴致啊!好,你来。

【红刚动几下,钟大夫开始指点。

钟大夫:凉油凉锅,可以放菜进去了。以前做饭等油热了才爆锅,那不健康。陶小姐这么年轻更要注意,好好保养。

红:(只好放菜进去)……

钟大夫:翻炒几下就可以出锅了,这个菜不适合炒太久的。原来我给马通做过一次,老得咬不动,我们俩笑得不行……

红:(很崩溃)还是你来吧,按你的习惯。

钟大夫:(笑着接过)做家务的事情,说简单也简单,说复杂学问也多,苦命啊,当人老婆,这些事都要做。……哎,陶小姐做销售,卖的是马桶?

红:纸,各种纸。

钟大夫:呵呵,那也算是很紧密合作的工作伙伴了,你多帮帮马通。人要新陈代谢,就需要马桶,需要纸。虽然纸这种东西用过就会被扔掉……但是没有却又不行。多么伟大的发明。

红:(转变话题)钟大夫在哪个科工作?

钟大夫:妇产科。有什么问题可以去找我,子宫肌瘤不孕不育意外怀孕习惯性流产……都可以。

红:最好还是别找上钟大夫。

钟大夫:呵呵,也对。每个女人一生都会至少进一次妇产科,陶小姐从理论上来讲,是有可能成为我的病人的,不过还是希望不用来找我看病才好。平时要注意,比如……(看着红)未婚先孕。你没结婚吧?

红:没有……

钟大夫:对,我猜你对生孩子一定很恐惧。你知道,人工流产对女人的伤害是很大的。紧急口服避孕药也一样,不适合长期服用。那么就要做好避孕措施。陶小姐,我这么说,你一定明白我的意思。

红:钟大夫,我很佩服你的心理素质。

钟大夫:呵呵,这没什么。我的女病人有呜呜直哭的,有一直发抖的,早知如此,何必当初。我们做大夫的,看多了就习惯了。刚开始,心里会跟着一起疼,现在不会了。只是觉得,如果理性一点,会避免很多对身体的伤害。陶小姐是个聪明人,所以就说多一点。

红:我听说,当大夫的容易性冷淡。是真的吗?

钟大夫:(停顿了一下)……

红:是马通跟我说的。

钟大夫:……(又恢复了淡淡的笑)是的,大夫每天看到人的身体,任何神秘感和美感都没有了,而且又是重体力劳动,所以这种情况容易出现。就像做销售工作的都用漂亮姑娘,为了跟客户拉近感情,有时候拉得太近,容易拉上床。这是行业内部的潜规则,人人都逃脱不了。对吧陶小姐?

红:起码这样更像活人。你觉得呢钟大夫?

钟大夫:活人最起码是有责任感有廉耻心的,不然还能叫人吗。

红:你!

钟大夫:(转过脸盯着红)一个没有结婚的女人,怀孕了,是很悲惨的。沙发上有盒安全套,是我买了放在家里的,这就是我的态度。你不是第一个马通带回家的女人,也不会是最后一个,但这根本动摇不了我们的婚姻。菜好了。马通!吃饭。

【马通出来。

钟大夫:洗手。

【马通洗手,钟大夫洗手。马通端菜摆菜,不看红。

红:马通,我不想吃,你跟我走吧。

马通:(有点惊讶)不是聊得还挺好的吗?今天过节,饭做好了,吃一口吧。别闹了,她也没说什么啊。

红:你觉得我吃得下去吗?你走不走?

钟大夫:(笑眯眯地走出来)饭前便后要洗手,这是小时候就学过的。有些人啊,连孩子都明白的道理,老是记不住,白活这么大了。

【红转身就要走。

钟大夫:(把红按在椅子上)陶小姐坐这儿。

【三人坐下,白和蓝也走过来,钟大夫招呼着。

钟大夫:来来,尝尝我的手艺,多吃点儿。(给红白蓝夹菜)

钟大夫:(数落着马通)昨天晚上睡觉,又放屁了。然后你把自己震醒了,忽然坐起来,还问我,什么事?笑死我了。陶小姐,过日子就是这样。你没结婚有没结婚的好。

【钟大夫和三个陶乐斯围着马通。马通其乐融融,非常满足。

白:就这样?又失败了?吃完饭怎么办,怎么走出这个家?

蓝:为什么要跟他老婆坐在一张桌子上吃饭?这是敌我矛盾啊,不能调和啊。

红:(恨恨看着马通)看他笑得特谄媚特满足那

个贱样。马通!

马通:啊?

红:我们走吧。

马通:(装傻地)去哪儿啊,今天还有事吗?吃饭呢。

钟大夫:来,陶小姐,吃吧。

【红怒极,拿起面前的酒杯,泼了马通一身。马通愣了。红站起来,冲出马通家门。

钟大夫:(若无其事按住太阳穴揉了两揉)吃了药,好多了……今天的菜炒得刚刚好,不老也不生。吃完了,收拾了。

【钟大夫和马通收拾碗筷。

红:我发现了一个问题,为什么输的总是我?如果马通像他说的一样,为什么他每次都没有站在我这一边?

蓝:真是看错了人了。

白:其实,我想过婚姻。但是我现在觉得,这太可怕了。

红:所有的一切都证明,马通是个骗子。

第四场　斗争

白:不管是凶悍,还是装可怜,还是充满心机,马通有什么样的老婆都不重要。重要的是他的态度。

红:我完全没想到的是,他每次都不肯跟我走。我最不能容忍的就是欺骗。他可以跟我明说,我陶乐斯会纠缠他吗?

蓝:这就是他的态度。从他今晚所有表现来看,他早就已经想好了,如果我跟他老婆发生冲突,他一定站在他老婆那边。

【红白蓝互相看看。

红:只有一条路,逼马通。如果他被逼到极限,可能事情会翻盘。

白:撕破脸也好……我要憋死了。豁出去跟他分手。

蓝:我要看看马通的脸从红到白,从白到青,从青到紫。

红:准备好了吗?

钟大夫:好了。

马通:好了!

【钟大夫和马通端着碗筷又上来了。

钟大夫:(把红按在椅子上)陶小姐坐这儿。

【三人坐下,白和蓝也走过来。钟大夫招呼着。

钟大夫:来来,尝尝我的手艺,多吃点儿。(给红白蓝夹菜)

钟大夫:(数落着马通)昨天晚上睡觉,又放屁了。然后你把自己震醒了,忽然坐起来,还问我,什么事?笑死我了。陶小姐,过日子就是这样。你没结婚有没结婚的好。

红:当然了,没结婚,就不会有一个出轨的老公,就不用生扛着给第三者做饭。

钟大夫:(笑了)陶小姐,我还真没想到,你这么坦然。你坐在我的家里,大晚上的,就差在脑门上贴上四个字:送货上门。

红:今天晚上是你老公约我的。我也想看看,他的家什么样,能让他大晚上地往外跑。马通,其实我不介意三个人生活在一起。今天这个晚上,我们一起过,把你伺候得舒舒服服的。你觉得怎么样?

马通：(脸红一阵白一阵)乐乐，别胡说！

红：没胡说，我可以的。你一定很期待吧？

马通：乐乐！

钟大夫：(有点儿吃不住劲了，脸沉下来)陶小姐，女人应该自重。

蓝：钟大夫，你该问问你老公马通，他跟我认识的当天一直到第一次跟我上床，一句都没有提过有你的存在。

钟大夫：(看着马通)……

蓝：(趁热打铁)所以我很好奇，你究竟是什么样的人呢？(打量钟大夫)朴素！不过劝你一句，你不替你老公花钱，你老公的钱就会花在女朋友的身上。他给我买过 lv、prada、chanel，给你买过吗？好像你没戴首饰的习惯？你看，我脖子上这条新款的项链，是他给我挑的。看你眼睛附近，开始有细纹了，建议你用贵一点的眼霜，很有效。马通给我买的很好用。女人不保养老得快，男人最终会厌倦的。

【钟大夫脸绿了。马通脸也绿了。】

马通：胡说！是我陪你去的，可是那都是你自己掏钱买的！

蓝：我今天当着你老婆面说出来，就不怕你不承认。钟大夫，我是个很物质的人。如果从男人身上榨不到什么油水，你觉得我会跟他纠缠吗？他能给我什么?

马通:陶乐斯你太损了,你想整我也不能这样啊。

钟大夫:马通,怪不得你每个月的钱都不够花,最近交回来的工资也缩水了,原来开始在外面养小的了。你在外头玩我不管你,你把钱也都拿给别的女人花了?这是底线!

马通:(冤死)我真的没有啊。我交回来多少钱你心里是有数的啊。

钟大夫:陶小姐,你放过马通吧。马通是提不起来的豆腐,扶不上墙的烂泥。如果你要一个稳固的婚姻,他不可能给你的。今天他能跟你保持这样的关系,明天就可能抛开你跟其他的女人走掉。如果你不可能做到像我这样,你们的婚姻不可能维持很久。可你知道,我这样,心里也很痛苦。

蓝:那你为什么不离开他呢?他不值得你这么对他。

钟大夫:(痛苦地)如果我离婚,我很难再找到一个合适的人。跟谁过不是过呢。虽然马通不是个好丈夫,家里亮着一盏灯,总比回来黑乎乎冷冰冰的强百倍。

蓝:马通,你听见你老婆说的话了吗?你真的挺失败的。我要是你,早没脸在这个家待下去了,哈哈。

马通:(垂头丧气几近崩溃)我里外不是人啊。我走行了吧?

钟大夫和红白蓝:不许走!

钟大夫:今天就说清楚。马通,当老婆的不能受这种气,你还配当个丈夫吗?

红:你是爷们儿吗,还在外面找女朋友,没这个金刚钻,就别揽这个瓷器活啊。

马通:我受够了。什么他妈的亚洲人臀部的曲线,不都是屁股吗!有他妈什么不一样的!能拉屎不就行了?拉完屎冲水的时候不会堵住下水道不就行了?还得温水冲洗,连擦屁股都懒得自己动手,撅着屁股我就得伺候他们!做梦梦见的都是大大小小的各种屁股!什么设计师,我就是一个马桶脑袋!

【女人都吓住了。

马通:我觉得我早就中年危机了,一听电话响就发慌,一听客户的声音就想吐,我是个爷们,我得顶天立地。我躲在厕所里牙都快咬碎了,出来还得嬉皮笑脸装孙子。我不能变成中年人!我还有魅力,我还招年轻女人喜欢。钟大夫,你对我的态度我早受够了!跟你上床的时候你就像个等待身体检查的病人,我倒像个妇产科大夫!有时候我真恨不得杀了你!

【钟大夫哭了。

马通:还有你陶乐斯,非要来我家干什么?把我逼死对你有什么好处？我是没给你买过什么值钱东西，可我不是给了你快乐吗？难道快乐是件很容易的事情吗？我天天算计时间，跟你见面陪你吃饭，然后回家。我睡觉的时间更少了，交完公粮交私粮我快被掏空了……我照镜子发现胡子都有白的了，你们不知道我有多害怕……我们分手吧，永远都不要见面了。你就是个贱货，天生的小三儿，没有男人会对你真心的。

【红白蓝都傻了。

马通：你会害死每个跟你在一起的人。你走吧，滚！

钟大夫：谁都别走。

【钟大夫擦干眼泪，脸色惨白。

钟大夫：都说家丑不能外扬，今天已经都翻出来了。还有什么，都说完。

马通：我没什么可说的了。我恨不得哪天一觉睡过去，醒来发现自己已经死了，看着生前认识的这些人还在为一些屁事儿忙忙碌碌，多可笑……可是我连死的勇气都没有。

钟大夫：好，很好。

【钟大夫走过去把一瓶药都倒在杯子里，倒上开水。

钟大夫：吃一片可以安神，治头疼。吃一瓶怎么样？既然都觉得活着没劲，今天咱们中间就有一个人把它喝了。你敢吗?

【马通怔住了。

钟大夫:(看着陶乐斯)陶乐斯,你今天不该来。你喝不喝?我数十下,你不喝,我喝。

【钟大夫开始数,数到最后,她真的拿起杯子就往嘴里倒。红白蓝上来抢,马通开始愣了,现在明白了,也来抢。争夺之中,白拿过水杯,高高举起。

白:(崩溃)都别抢了!你们让我恶心。开始你们说着我爱你,互相把对方当成宝贝,现在又互相辱骂。你们还是人吗?

【沉默。

白:马通,你让我失望。真正该死的人是你,你这个满嘴谎言的骗子。认识你是我这二十六年最大的错误。这杯药,我喝。

【白要往嘴里倒,红和蓝上去拦!马通也挥动双手……放慢速度的争夺中,蓝狠狠地拿过催泪瓦斯喷向马通,马通伸出双手抵挡,张大嘴似乎在喊:"不要啊——"错乱之中,白手中的杯子向下倾倒,一杯药落入马通口中。

【马通傻了,不由自主地全部大口吞咽进肚。定格,所有人僵在原地。

【几秒钟之后,节奏恢复正常。

马通:(泪流满面,他抹了一把脸,拿过白手中的杯子看了看)都被我喝了……真他妈干净啊……(抹了抹嘴,想装英雄)好了,这下我不欠你们的了。老婆,我死了以后,你去暖气片后面找我的钱和存单。很抱歉,没能让你生个孩子,我知道你其实一直很想要一个。你找个好人嫁了吧,尽快把我忘了。

　　钟大夫:(哇地一声哭了) 马通你疯了……你为什么要喝……我不要你死。

　　马通:(继续悲壮地)乐乐,其实我真的挺喜欢你的,但我不喜欢你这么逼我,现在好了,一了百了,谢谢你在我死的时候陪着我。我设想过很多次我会怎么死,唯独没想到是这么个死法……就说我是自杀。

　　钟大夫:(对红白蓝)还愣着干什么! 赶紧救人!那些药半瓶就足够死一个人了!

　　马通:(看着钟大夫)你,你为什么要放那么多片……(奔到马桶旁边抠嗓子眼)

　　【钟大夫奔过去帮忙,拍着马通的背。红白蓝没见过这阵势,手足无措。

　　【马通看着马桶,厌恶地把头挪开。

　　马通:我看见……马桶……就恶心…… (干呕着,钟大夫来不及找东西,伸手过去接在马通嘴边)

　　红:(本能地闪到一旁)……他不会真死吧?

　　白:(伤心地) 我没想到会是这样。我没想让他喝。

蓝:(马上想到其余事情)其实我们没责任,没有人逼他喝。这都是巧合!药是他老婆倒的,跟我有什么关系?要不是他抢下来,现在躺在地上的就是陶乐斯!

【钟大夫给马通捶背。马通渐渐安静了,抱着马桶。

钟大夫:马通?你坚持住,我很快就喊急救车来。

【马通昏昏欲睡,鼾声起……

【钟大夫和红白蓝精疲力竭坐在马通旁边。时间的嘀嗒声响起。

钟大夫:你不能丢下我,自己就这么走了。生活这么残酷,两个人总比一个人好。我很嫉妒你的那些女朋友,嫉妒得想死……好多次我把离婚协议书签好了字想给你,但我没有勇气。我明白,如果离开你,就像断了一只手。

蓝:我撒谎了!名牌包、化妆品都是我用自己的钱买的,一个人太孤独了。拼命工作却不知道为了什么,买最贵的东西给自己,会让自己高兴一小会儿。

红:我只想要快乐,但我不知道快乐的下场会这么惨烈。今年冬天特别冷,我想要一个男人抱着我,不是空调电热毯热水袋,是体温焐热我。不然我会焦虑,深夜的时候,想得越多,越觉得自己没有希望。

白:我遇见了马通,我开始等待,想要更多的东西。我知道这不是游戏的规则。所以我有些害怕。这是我跟马通一起过的第一个圣诞节,我以为一切都会好起来。

红:是我们杀了马通。这是犯罪。

白:我们都跑不了了。

蓝:不,马通是自己喝的药,这跟我们中间任何一个人都没有关系。

钟大夫:他能坚持到急救车来。

蓝:你要是真心想救,我们现在就送他去医院。

钟大夫:你的意思是,我故意拖延时间?你是医生还是我是医生?他是我老公,我会希望他死?

蓝:潜意识里完全有这个可能。他自己喝的药,你有人证;你也打了120,该做的都做了。所以如果他死了,你不会负法律责任。就算有一点儿难过,也能伴随着报复的快感一起留在过去,开始新的人生。

钟大夫:我希望他死的理由呢?

蓝:你恨他。他曾经带七个女人回家,都被你撞见了。你忍到现在,今天就是个好机会。

红:别吵了。何必弄得这么惨烈?不就一个男人吗?离了他我照样滋润。做小三儿,太辛苦了。还要扯进这种自杀的事里,真麻烦。

白:一切都像个噩梦。我希望我从来没有来过这儿。

马通：(坐起来)刚才我睡着了,做了个梦。梦里头,好像你们都为了我哭了。

【钟大夫和红白蓝看着马通。傻傻的。

【沉默。

马通：那现在怎么着?

白：该躲还是要躲,该藏还是要藏。

蓝：都是瞎猜,瞎琢磨。你老婆其实从来都没进过门。还在外头敲呢。

红：该来的总会来,该面对的总要面对。

钟大夫：我还应该去门外等着,今天是圣诞节,我有一个秘密要赶回来告诉马通,告诉我老公。

【白躲进衣柜,红坐到阳台的秋千上,蓝站在马桶后面。钟大夫走到门外。

尾声　走出你的世界或是暂时忍耐

【门开了。

【钟大夫走进来,就是如同生活一样,朴朴素素的一个女人,有些劳累疲倦。

马通:老婆你回来啦?

钟大夫:(有点嗔怪)这么久才开门。

马通:睡着了。你今儿不是大夜班吗?

钟大夫:跟同事换了,想起来今天晚上圣诞节,想给你个惊喜呗。

马通:(苦笑)老婆你真……真好。拿这么多东西?

钟大夫:中午食堂的糖花卷,我想着你爱吃,就买了一包。你饿吗?拿微波炉热热,你胃不好,别吃凉的。

【马通接过钟大夫的东西,帮她换下衣服。

钟大夫:(要去衣橱挂衣服)……

马通:我来吧。

钟大夫:(笑笑,走向沙发)……

【马通迅速把衣服和包收起来。

钟大夫:早晨洗的衣服晾了吗?

马通:(阻拦)早晾了。

钟大夫:那我去个卫生间。

马通:(阻拦)内什么,马桶堵了,待会我通通,你急吗?

钟大夫:其实也不急……(盯着马通)哎,我想跟你说个事。

马通:(紧张地)什么事啊?

钟大夫:……

马通:你别这么盯着我啊,再把我看毛了。有事你就说呗……

钟大夫:我怀孕了。

【红白蓝一起看着,她们愕然。

马通:(惊)你没骗我吧?

钟大夫:我能拿这事开玩笑吗……

马通:(手足无措转圈)老婆,这事太突然了……

钟大夫:(忐忑)你别急着回答我……我也不知道,咱们到底该不该要这个孩子?

马通：……你不是一直都想要吗？

钟大夫：(有点儿期待有点儿伤心) 我担心你承担不了做父亲的责任。你还是个孩子。

【马通不说话了。

钟大夫：(有点儿失落)没关系,我猜到了。不要就不要吧,反正我每天工作强度太大,我怕身体撑不住。

【钟大夫慢慢走向一边。

马通：(抬起头,看着钟大夫的后背,歉疚地)老婆,当然要。我是高兴得不知道说什么好了……

钟大夫：(停住了)……真的？

马通：当然！(轻轻搂住钟大夫)

钟大夫：(委屈地) 其实我特别紧张……别看我天天给人家看,轮到自己,还是害怕……刚知道的时候,跑到厕所发了半天呆,我怕你知道了不想要,我不知道我该怎么跟你说……

马通：要,咱们明天就去跟领导说去,让他们别给你安排夜班了。

钟大夫：(甜蜜地)你喜欢男孩还是女孩？

马通：是男是女我都高兴,我都喜欢。

【红白蓝低下头。

马通：(意识到陶乐斯还躲在屋里)老婆,今天是圣诞,又有这么大的喜事……我带你出去庆祝一下。

钟大夫：出去还花钱,就在家里煮个面吧。

马通:不行!……(忙解释)从前我太委屈你了。今天是个纪念日……我是说,今天一定会成为我们今后的一个纪念日,一辈子的……

【钟大夫笑了。

【陶乐斯们看着二人的美满。

【马通帮钟大夫穿上大衣,带着钟大夫,走出门,意味深长而有点歉疚地回头看着陶乐斯藏身的地方。

红:(轻声地)请你对我说个谎吧。

蓝:这可能是最后一次了。

白:能被人精心哄骗一辈子,也是一种幸福。说你爱我,可以吗?

马通:(仿佛听见了陶乐斯们的话,他说出了声)对不起。我,爱你。

钟大夫:(回头)什么?

马通:(又看着钟大夫)我是说,对不起。我爱你。

钟大夫:(意味深长地笑了)走吧,老公。

【二人相拥着离开。钟大夫反手锁上门。

【灯灭了。门关上了。传来反锁声。

【红白蓝走出来,默默相对。圣诞音乐隐隐传来。

【蓝走到门口,扭动把手,门纹丝不动。

红:门从外面锁了? 他们还是会回来的。

蓝:(所答非所问)这支圣诞音乐,很适合跳舞。

白:我只是不想一个人跳舞,可是,最后只剩下我自己。(寂寞地笑了)

红:一个人,也要快乐,快乐一秒钟也是好的。

【红白蓝换装,如同开场时候。

白:一个谎言,也足够让这个夜晚暖和起来了。

红:跳舞吧,就像永远没有明天一样。

蓝:过了今晚,我会有勇气离开他。

白:(静静地把第三颗扣子系上)妈妈说,扣子要扣到最上面的一颗,女孩子将来才会幸福。

蓝:(静静地把第二颗扣子系上)老师说,读书的时候不要谈恋爱,那些都不长久,因为你们不了解自己,也不了解爱。

红:(静静地把第一颗扣子系上)二十岁,我的第一个男朋友骑着自行车带着我,在城市的大街小巷穿过。那个下午,阳光照在我们的脸上。

【三个人默默穿上衣服。白把扣子扣到最上面一颗,想了想,又打开。忽然,她发现扣子掉了,滚到屋子的角落里。她愣了一下。

【三个人各自旋转。

【渐渐地,她们各自消失在各自的光圈里。

【剧终。

痒
——写在小剧场戏剧《请你对我说个谎》之后

林蔚然

　　作为编剧,我原本给这戏起了这么个名字:《痒》。我觉得无论是爱情、亲情、友情,甚至对一份职业的感情,都会有这么个时候。痒,你伸手去挠它,轻了不管用,重了血肉模糊。

　　2000年8月之后的十年里,我始终是一名编辑和记者,从不甘到习惯,到瓶颈到厌倦,慢慢发现这份工作的好,再到深入骨髓的眷恋。我的采访对象们,都是戏剧行业的翘楚。他们经历过大开大阖的人生曲折,无论浩浩汤汤或是月白风清,从头缓缓流露,娓娓道来,滋养我年轻浮躁的心。在这十年中,似乎有些什么东西慢慢尘埃落定。

　　我写人物专访、戏剧评论,写电影,写电视剧,用来平衡我八小时内外的生活。也不能说没有写过舞台剧——这其实该是每个戏剧学院毕业生的梦想——但好像因为过于重视这件事,我反而始终愿意游走外围,为我喜欢的事情做一些服务工作,仿佛这样可以保持一个安全距离,也更自由。

我写过很多退稿信,规劝只有热情没有基础的作者扭转方向。我参加过很多研讨会,发言时我小心翼翼生怕伤害到作者们,这是一群多么敏感而脆弱的人。提意见容易,改剧本却难。我亲眼见到几个编剧面红耳赤,如坐针毡。不同的专家意见相左,肯定之后便是"但是"……作为一名专职戏剧编剧,要承受的压力究竟还有多少?

但为什么还有那么多人愿意干这件事呢?即便是昼夜颠倒寝食难安,山重水复几度放弃,成为众矢之的被贴上标签,也仍然愿意在电脑面前寂寞地度过。

我觉得我扯得太远了。还是说回到这个剧本上吧。写的是什么呢?小三儿和正室的斗争。

不不不,这并不狗血。当然题材并不新鲜,在演出后交谈中曾有观众问我,为何选择这个?我觉得首先这是一个能争取观众的通俗话题——以我多年混迹于剧场的判断,小剧场的观众大多数都是20-40岁的女白领,甭管已婚未婚,都爱看感情这点事儿。而女编剧往往擅长写这个,也算取巧。但我和艺术总监、导演、制作人、出品人的观点绝对一致,不媚俗、不庸俗、不低俗。这是原则,更是底线。第二,大学时老师说过一句话,至今我铭记于心:戏剧舞台不长于讲述故事,更适合展示情感。就这个话题牵扯着身边多少人的切肤之痛啊。在我的身边,各种恨嫁普通女青年、单身大龄文艺女青年、失婚悲催女青年比比皆是,她们每天打扮得光鲜亮丽去上班,夜晚却躲在洗手间哭泣。

　　她们的所思所想,嬉笑怒骂,我无比熟悉。因为她们是我的好闺蜜,也就决定了我作为编剧站立的位置——我心疼这些姑娘,已婚的未婚的失婚的,谁不是因为感情而变成一条油锅上的鱼呢?谁在面对感情的时候能够清清楚楚毫不动摇呢?无论你是妻子,还是不小心闯进他人生活的未婚女青年,即便你时刻警醒,也无法为感情买上一份意外险……我们真的没有权利去批判谁,去同情谁。可怜之人必有可恨之处。所以还是让这个戏以冷峻辛辣的调子建立,黑色中带有讥讽,成年男女以为自己世故圆熟,脚踏实地,其实早就没有了拥有爱情的权利。

　　留给各位专家和观众印象最深刻的,应该是这个戏的人物设置与结构方式。

　　陶乐斯是个大龄女青年,她爱上了婚姻中的男人马通。三个女演员同时扮演陶乐斯,以颜色区分性格。红色陶乐斯代表享乐和欲望,蓝色陶乐斯代表理性和约束,白色陶乐斯代表纯真和信任。假定女人的三面如此,当危机发生,纠结的三面夏娃就轮番上阵了。

马通在陶乐斯的要求下,带她回到自己的家,在偷情前的那一刻,忽然值夜班的妻子钟大夫敲响了家门。陶乐斯开始手忙脚乱地想要躲藏,可家里哪儿能藏得住呢!于是她大脑高速运转设想了钟大夫进门之后的情节发展,她从未见过钟大夫,自然也无从针对这个对手设计方案,迫在眉睫她不得不针对每一类型的钟大夫想出各种办法周旋。钟大夫到底是个犀利泼辣的女人,还是邋遢古板的主妇?他们之间乏味无爱的生活必然不值一提!从坚信马通对自己的爱,到慢慢发现,无论怎么设想怎么发展,马通在关键时刻都没有选择站在她这一边……真相到底是什么?陶乐斯从逃避躲藏到勇敢面对,与钟大夫针锋相对斗智斗勇,进而逼她放弃婚姻,自己欲取而代之。然而当她以为问题解决了,高兴地告诉马通他们将要开始幸福新生活了,马通却自责愧疚暴怒,担心钟大夫的下落,并选择离开了陶乐斯。陶乐斯终于落泪绝望。不,这些都不是故事的结局。如同生活的庸常,钟大夫只是个普通的疲惫职业妇女,她神情落寞不安,作为妇产科大夫却在得知自己怀孕的时候仓皇赶回家中，想听听丈夫对这个孩子的打算……马通那一瞬间难以开口拒绝妻子，他决定回心转意好好过日子，钟大夫感激地抱住了马通，二人要出门庆祝。

看到这里，有观众觉得故事并不新鲜，容易猜到情节和结局。是啊，这并不是一出悬疑剧，生活的答案就是那么几个。当女文青成为人妇，她首先想到的不是浪漫爱情，而是捍卫自己的婚姻。而我在设定结局的一瞬间，确实犹豫了，我担心女观众们对婚姻失去信心，因此仍然设计了一个出轨的丈夫回归家庭的走向。

但是陶乐斯们仍在阳台上悲伤而尴尬地伫立，无措之中碰翻了栏杆。不合时宜的巨响打破了局面，谜底将要揭开。收光。这只是物理意义上的剧终而已。戏剧仍然没有结束。

生活不能重新来过，一旦短兵相接，必定火花四溅。但舞台上可以，一分钟无数次推倒重来，总有机会。选择一个开放式的结局，正是因为生活的无限可能性，让我们永难预料下一秒钟。

在这样一出戏剧的设定中，唯一的男性角色是注定要背负指责的。在社会界定的道德层面上，他注定了处于劣势。但我无意将所有责任指向他。马通身为男人的痛苦和无奈，应该得到更多人的理解。而在写作之初，我已经想提醒我自己和未来的观众，陶乐斯和钟大夫这两个女人，无需被给予太多同情，她们应该为自己得到的快乐和痛苦负全责。

对，就是说你呢。最好笑容还没消失的时候，你已经醒悟到，剧中人就是你自己。你恨插足自己情感关系中的第三人，却忽视了自己的冷漠与倦怠；你恨你爱人是法律上唯一的配偶，想取而代之，自以为他选择你是早晚的事，末了却发现不是那么回事；你以为能够有两种情感平衡生活，不做选择即可最大化快乐，却同时在所有人心里刻下伤痛，包括自己。我们都不是坏人，我们都有歉疚，都动过心，伤过人，也被人伤过。这就是我们的人生。

这个戏获得了这么多人的厚爱，北京文联给它开了研讨会，之后它又获得了老舍文学奖优秀戏剧剧本提名奖、全国戏剧文化奖原创戏剧大奖和编剧金奖，意外又感激。一个民营公司商业运作的戏能够获得这么多荣誉，我发自内心高兴，也算对得起投资方了。真心地感谢各位关爱这个戏的领导、专家、老师，感谢剧组每位成员全心付出努力，感谢媒体朋友，感谢每一位买票走进剧场的观众。如果没有你们，这个戏不会洋溢着热情走得这么远。是你们鼓励我写下第二个、第三个小剧场戏，并且慢慢觉得，可以每年都写上一个。

戏剧不缺少我这么一股微小的力量，是我不愿意离她太远。我是给自己这份心挠痒痒呢。我总希望自己永远有机会随着光暗幕启，惴惴不安地坐在观众席里，看着舞台上那一个个人儿，说着我写出来的台词儿，他们脸上洋溢着光彩……于是慢慢开始放下心来，忽然听见身旁不认识的人开始发出会心的笑，再过一会儿他们沉默凝重，最后有人偷偷地、飞快抹去眼泪，或者抽抽噎噎……这真是我极大的幸福。

秘而
Secrets
不宣的
日常生活

《秘而不宣的日常生活》剧照　罗晓光 / 摄影

◀ 《秘而不宣的日常生活》剧照

罗晓光　李晏/摄影

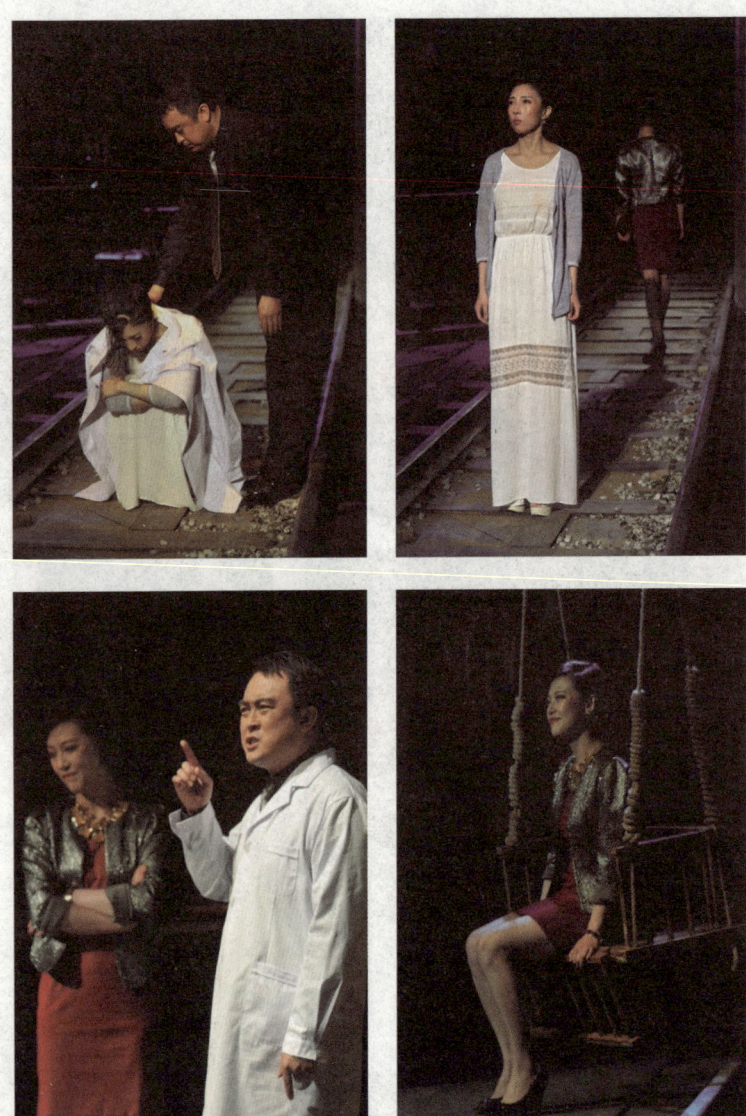

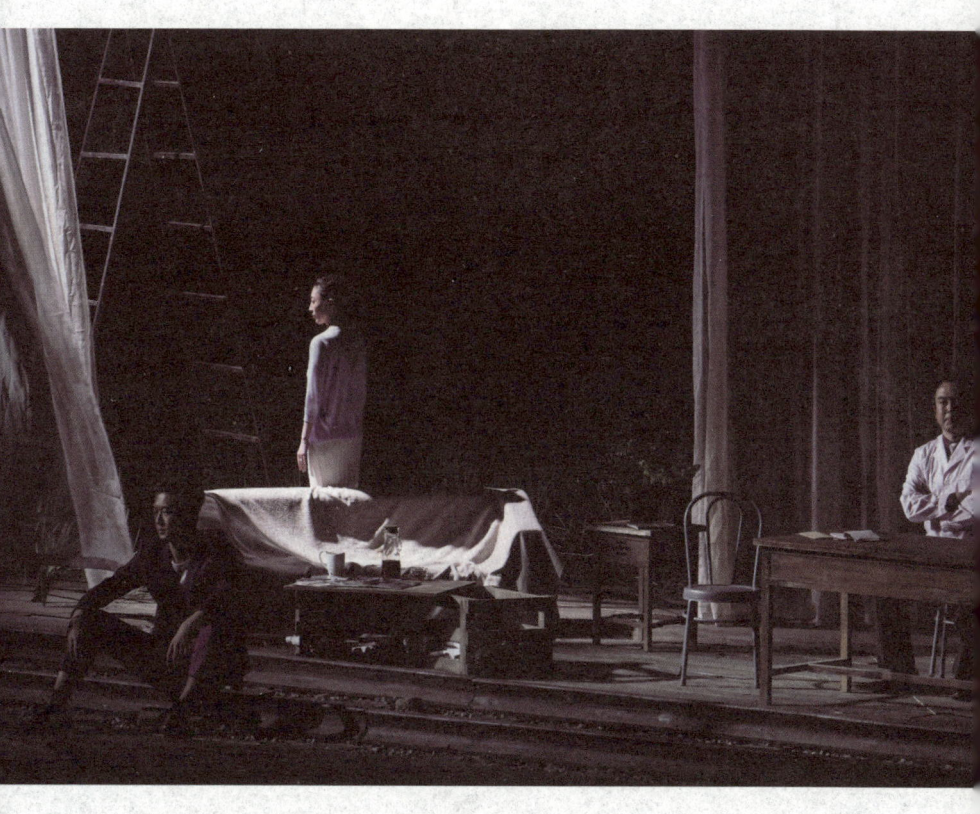

《秘而不宣的日常生活》剧照　罗晓光　李晏/摄影

秘而不宣的日常生活

Secrets

《秘而不宣的日常生活》
剧照
罗晓光　李晏/摄影
▼

《秘而不宣的日常生活》剧照　李晏 / 摄影

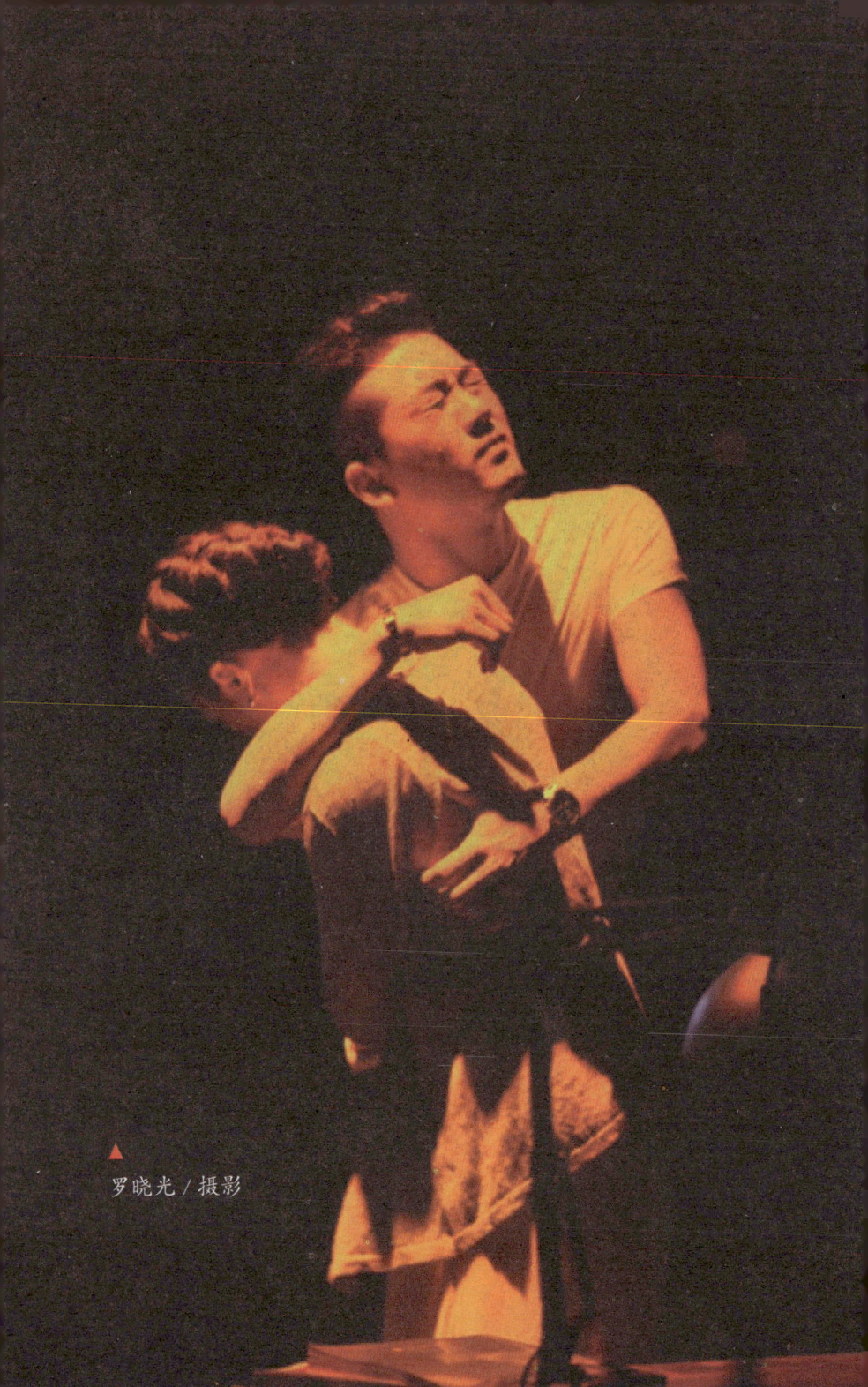

罗晓光 / 摄影

【小剧场话剧】

秘而不宣的日常生活

A secret daily life

林蔚然

第一场　面对

时间：现在。

地点：一个北方小城市。女主人公住宅的宽大客厅。

人物：男人。30岁。
　　　女人。26岁。

【光启。

【午后的客厅。落地的窗子开着,窗帘半掩。客厅里有张双人沙发,有茶几,音响,几盆郁郁葱葱的植物。

【女人慵懒地坐在沙发上,音乐低回缭绕,她手拿一本书,挽着发髻,穿着家居服,丰韵润盈。

【门铃响了一下。女人看向门,但坐着不动。

【门铃不再响,她觉得很奇怪。走过去,她审慎地从门镜往外看。她拉开门,门口空无一人。

【她奇怪地关上门。这时候她发现窗子那儿有动静,窗帘在动,她有些惊慌,顺手从茶几旁抄起一盆花紧握在手里。

【她大喊一声,举起花盆砸过去。几乎同时,一个男人也因为这突如其来的惊吓而用手慌乱地护住头,有些狼狈地站在那儿。

男人:佳节。

女人:(吃了一惊)……

男人:(松口气)嗨。

女人:(完全傻了)……

男人:(抱歉地笑笑)按门铃没有反应,就忽然想绕到窗户旁边来看看。

女人:这太扯了……没砸到你吗……

男人:(愣了一下)为什么是"没砸到你吗",而不是"没砸到你吧"?

女人:(恢复正常)没什么。可惜了这盆非洲茉莉。刚开花。

男人:换个花盆还能活吧。

女人:它肯定没想到会这么粉身碎骨。太突然了。倏……啪。

【沉默。

男人:对不起我吓着你了。

女人:是我不该开着窗户,这儿不是市中心,我老是忘了这事。

男人:(向屋内望)你一个人在家吗?

女人:不是,不是一个人。

男人:我只是路过这里。也许改天再来比较合适……

女人:孩子在睡午觉。

男人:嗯……或者下次来之前再给你打电话?

女人:外面好像很热。我刚好泡了一壶茶,但也许你对茶没什么兴趣。

男人:(看着女人)我现在把咖啡戒了。

女人:(下了决心)你这样站在窗外真挺别扭的。

男人:我可以去门那边。

女人:不用,就从这儿进来吧。你也许更喜欢这样。

男人:(迟疑了一下,小心地从窗户迈进客厅,不是很利索)……

女人:你为什么只按了一声门铃?

男人:我在门口站了一会儿,我想,到底这会儿家里会不会有人,或者会不会在睡午觉。我对着门站了一会儿。

女人:我以为……是别的人。

男人:我确实应该先给你打个电话的。但是今天刚好路过,(不好意思地笑)我去一个客户那儿,离你很近,每次谈完天都黑了。没想到今天结束得很早。

女人:你上班了?

男人:是。(看到女人盯着他看)这衣服有点紧。

女人:是工服吗?

男人:是啊。

女人:(皱起眉头)你不应该穿这样的衣服,这不适合你。我的意思是这种劣质的衣服看起来实在是让人难以忍受。

男人:很贱是吗。

女人:我没这么说。

男人:没关系,这衣服很适合我。公司要求统一着装,这是为了统一形象,也是企业文化的一部分吧。

女人:(尖刻地)这种衣服一点看不出什么狗屁文化。我宁愿你穿破T恤和全是洞的牛仔裤,一个混蛋就该那样。穿上工服太他妈滑稽可笑了。

男人:(微微吃惊)……

女人:(挑战地)怎么了?

男人:(微笑起来)挺好的。搁在从前,我想不出你说"他妈的"是什么样,逗你你也不愿意说……我觉得挺不错的。

【气氛舒展了一点儿。

女人:(沉思地)我就说你留长了是络腮胡子,就像这样。

男人:省得刮,这样早晨可以多睡一会儿。我有时候跟着老板去陪客户洗澡、唱歌,天亮了才到家,就倒在枕头上闭一会眼,八点半还要去公司打卡。

女人:(敏感地)你老板允许你留络腮胡子?他脑子进水了吗?

男人:我老板是女的。(自嘲地)她觉得我这样看起来很有型,很爷们儿。

女人:她喜欢你?

男人:也许吧。她结婚很多年了,也有个男孩。

女人:(敏感地)为什么是"也"?

男人:我在你的博客上看到你儿子的照片了,跟你很像。

女人:……你老板因为你长得不错,所以让你为她干很多超出正常工作的事情吗?

男人:(无谓地)接送她的孩子上下学,她觉得我可靠吧。

女人:(粗鲁地)所以你需要为她提供别的服务吗?

男人:(看着女人,温和地)别这样,那只是工作。

【女人没说话。

男人:(看着茶壶)你不是说沏了壶新茶吗?我这儿等半天了,连片茶叶都没给我看看。

女人:(倒水)用这个大杯子吧,喝着解气。

男人:(同时地)喝着解气。

【俩人互相看了一眼,笑了。

男人:(看着女人手上的婚戒)戒指挺好看的。

女人:谢谢。

男人:(试探地)我喝完这杯茶就走。

【沉默。男人抿了一口茶。

女人:……还能冲几泡。(补充地)我自己喝也是浪费。

男人:(有点释然地,放心喝了一大口)这么热的天,能在你这儿坐会儿真不错。

女人:你想开空调吗?

男人:好啊。

【女人打开空调。

男人:(脱掉工服,露出里面的白T恤)今天真热。

女人:但天很蓝,这是最近一个月空气质量指数最好的一天。

男人:我宁可每天都下雨。

女人:(若有所思)天一热你就会出汗。

男人:是啊,一出汗我就喘不过气来——你知道,我有这毛病。

【沉默。

男人:今天老板的车限行——平时我出来办事都开着车——所以我就坐地铁。地铁里人挤人人挨人,近得能闻见各种怪味。萝卜韭菜鸡蛋猪肉大葱馅儿包子,在地铁里吃这些!他们怎么不去死呢……不吃的就三五成群地戴着口罩。我他妈就纳了闷了,不管多热的天,地铁里老有人戴着奇形怪状的口罩,有的长得跟防毒面具似的,还有的上面居然画着个小兔子……我老觉着他们想戴着它去抢银行!过了高峰期就发现那些不吃不喝不戴口罩的了——那些要饭的,齐刷刷地露出脸来,在地上爬的,一个拉着另一个的,在你面前伸着手。

女人:你老板对你真挺好的。是不是?

男人:打工嘛,谁都得让老板高兴了啊,你应该比我体会更深。

女人:我?我很久没上过班了。

男人:所以你是全职太太?

女人:家庭主妇。

男人:还是那个人?那个死缠烂打的小中医?

女人:他是我先生。他也不是什么小中医,他有自己的诊所。

男人:这房子也是他给你买的,为了把你踏踏实实放在客厅中间,他好拿着秤去抓药,给中年妇女们诊断月经不调的原因。

女人:(微笑着,看出了男人的小小嫉妒)他只在一三五出诊半天就够了,更多时候他被各种人请到家里去看病。并不是你说的那样。

男人:(不甘心地)好吧,看来你过得不错……这儿的房价已经涨到三万一平了。

女人:我从来都没有关心过房价,反正我也不想卖房子。

【沉默。

女人:你是怎么找到这儿的?

男人:你搬到这儿来就给我发了邮件,把地址非常详细地告诉了我。

女人:我发邮件给你了?

男人:是的。

女人:……哦,我想起来了,好像是发过……但你没回过信,我以为你没收到。

男人:我每一封都收到了。

女人:我想你大概连一个字都不愿意再浪费在我身上了。

男人:我不知道应该回点什么。

女人:就写:"收到"。或者"祝你每天开心"。或者"再也不要给我写信了,我已经不爱你了"。或者干脆就是:去你妈的。

男人:我不能那么干。

女人:为什么?

男人:我不知道。我只是不想说话。

【沉默。

女人:今天是第557天。

男人:什么?

女人:还差8个小时,就是你离开我的第558天了,13384个小时。

男人:时间过得真快。

女人:好像过去了一个世纪。

男人:总会过去的。比如喝茶、发呆、睡觉……完成一些琐碎的工作,跟一些不靠谱的人在一起待着,时间就是消耗品。相信我,一切都会过去。

女人:真抱歉,我没法相信你。

男人:比如说,你可以试着把生活安排得很满,邀请朋友来家里做客,去郊游、野餐,出国旅行。你可以做到的。

女人:我一直很努力。我尽量微笑,说一些没意义的话,我知道这对大家都好。

【沉默。

男人:这张专辑我很喜欢。很少人知道这个女歌手,但是我喜欢。我真高兴你也喜欢她。

女人:这张专辑是一年半前你给我刻的。

男人:(困惑地)是吗?我不记得了。

女人:这种小事,本来也不用记住。

男人:岁数大了……脑子转速慢了。以前的事儿都成了一些碎片,需要慢慢拼出来。可每次拼得好像都不太一样。(自嘲地笑)……但我很确定,你看起来,比两年前……更美。

女人:(稍稍低下头,把耳边的碎发捋到耳后)……你想吃点儿东西吗?

男人:不。

女人:饼干,糖,还有……

男人:你能坐得离我近一点儿吗?

女人:(不动)……

男人:(站起来,往茶几托盘里看看,自然地坐在女人旁边)我想离你近点儿。

女人:(本能地挪开一些)天太热了……你像一个火炉似的。再说,离得这么近,我反而看不清你的脸了。

男人:你不需要看清我,不需要。

女人:(内心挣扎地)告诉我,你为什么会来?

男人:(低低地)我想你。

【男人慢慢把手滑过女人的脸,触碰她的嘴唇、眼睛、耳朵。女人一动不动。男人把她的发髻弄乱了。

【男人试探地抱住女人,女人闭上眼睛深深呼吸着男人皮肤的味道,忽然她低下头,对着男人的肩头深深咬下去。

【男人一阵抽搐,轻轻推开女人的额头,疼得闭上眼睛。

【女人把双唇轻轻盖在男人肩头被咬的位置上,吻上去。

【男人抱住女人。

【女人似乎抵抗不住男人的怀抱,她主动地抱住他。

【孩子哭了起来。

【女人停住了。她推开男人站起来,慌乱地整理发髻。

【男人很尴尬。

女人:我进去看看。

【女人奔向屋内。

【男人举起茶杯喝了一大口水。孩子的哭声渐渐小了,女人轻轻抱着襁褓中的孩子出来。

女人:(坐得离男人远一点儿)他平时不怎么爱哭,就算是哭了,也很好哄。

男人:这点也很像他妈妈。

女人:是啊,他很像我,也很黏我。

男人:今天真是太热了,空调好像也不管用。

女人:要开大点吗?

男人:不用了,别吹着孩子。

【沉默。

男人:我能看看他吗?

【女人没说话,但也没拒绝。

【男人小心翼翼地蹑手蹑脚地靠近,很紧张。他凑近孩子,一种无措感和困惑向他袭来。

【男人向孩子扮了个鬼脸,孩子似乎对他笑了。他放松下来,脸上现出温柔的神情。

男人:你真漂亮,你是个好孩子。

女人:(模拟孩子的声音)对呀,我是很漂亮。更是好孩子。

男人:你喜欢我吗?

女人:(模拟孩子声音)你的胡子太硬了。

男人:如果我把脸侧过去,就不会扎着你了。那样的话,你愿意让我抱你一会吗?

女人:(模拟孩子声音)让我想想……嗯……不行。

男人:(恳求而难为情地)……就一下。

女人:(模拟孩子声音)……那就一下下。

【男人感激地笨手笨脚地接过孩子。他像抱着一尊神像,又像抱着一个外星人。

男人:……他会忽然尿尿吗?

女人:我垫了尿片。放心吧。

男人:我们小时候也是这么个小东西,多么神奇。……其实我并不喜欢小孩儿。

女人:(并不意外)我知道。

男人:但是你的孩子真的很不一样。我看着他,不知道为什么有一种……亲近感。

【女人有些紧张。

【男人试着把孩子抱在胸前。

男人:你给他喂奶吗?

女人:试过,但是不行。

男人:为什么呢?

女人:因为……一些情绪。

男人:什么样的情绪呢。

女人:低落,难过,老是哭。可能是有些抑郁吧,所以没有母乳可喂。我们买很贵的奶粉来安慰孩子。

男人:你为什么会难过呢? 你不要难过。

女人:是啊,我为什么会难过呢。这个问题真好,我也想问问。(笑起来)

男人:(诚心诚意地)你应该高高兴兴地进入一段崭新的生活。

女人:你觉着我活得不够兴高采烈吗? 我就是这样做的,一切都很好。我有丈夫,他很爱我,怕我受一点委屈。我有大房子,宽敞明亮,窗外就是河。我有孩子,聪明健康好看。我不用去上班,在家里看看书听听音乐,跟我的孩子待在一起。(接过男人手中的孩子)日子一天天地过去,我每天都可以坐在窗户边上胡思乱想,发呆就行了。

男人:就是这一点让我感到意外。你原来是那么热爱工作的一个人,即便是无聊的办公室工作,你都干得有滋有味。

女人:一年半以前我就不那么想了。我请了一个长假,每天都在家里想啊想的。我终于想通了。

男人:所以就不去工作了?

女人:是啊。我有很多问题需要慢慢地再想一想。再说,你那时候也不工作。

男人:我只是不每天上班。我做音乐,写歌儿。有唱片公司跟我约歌儿,你知道啊。

女人:可你老也写不出来,老是开头那几句。

男人:因为那几句实在是太好了,你无法想象该在后面接其他的旋律,都配不上它们。

女人:整个夏天你都盯着那两句旋律愣神儿,等到唱片公司都黄了,你还是那么两句。

男人:没有最好的旋律我没法落笔。

女人:(不忍心)好吧,那两句真的很好听。我在过去的十五个月里常常想,如果你能够写一首完整的歌儿,就会有人接着请你。可能今天就不会是这样。

男人:(敏感地)那些东西看不见摸不着,谁能说得清楚呢。网络时代来了,民工们拿着手机放的都是口水歌,我听了都替他们脸红……现在唱片行业衰落得一塌糊涂,麦田公司的总裁都去开烤鸭店了。

女人:不知道他会不会给烤鸭听民谣。

【沉默。男人哈哈地笑起来。

男人:听过民谣的鸭子更适合挂炉,因为它们多少有点情怀。

【沉默。

男人:一点都不好笑,是吧。

女人:是啊。

男人:你知道吗,刚才你从我手里接过孩子。我感觉……很不一样。

女人:因为你抱着孩子的样子像个笨蛋。

男人:那个动作让我觉得……咱们是一家人,是两口子。你从我手里那么自然地把孩子接过去,接下来就会让我去给孩子热奶,拿一片新的尿不湿。

女人:你是在讲一个新的笑话吗,在那个烤鸭的冷笑话之后。

男人:你不觉得这是个很温暖的场景吗……我们一起逗孩子乐,带他去公园散步。他慢慢长大了,能坐能跑能说话……甚至能有一些简单的交流!这件事听起来好像没那么讨厌。

女人:(开始困惑)你为什么要这么说?

男人:(无辜地)因为我刚刚想到这些。

女人:这一番话如果从我丈夫的嘴里说出来,我一点儿都不会觉得意外。但是你今天居然这么说?我觉得你在撒谎。

男人:(瞪大眼睛)我撒谎?你怎么了你?

女人:(渐渐恼怒地)你这么一个突如其来的人,跑到我家里来,说一大段颠三倒四的话,你以为你是个什么东西?你想干什么?你穿着一件带着垫肩的傻西装,从窗户爬进来,喝我的茶,吹我的空调,抱我的孩子,还说这些让人生气的话。你凭什么啊?

男人:(像个孩子) 我没有恶意,我不想让你生气。这么热的天,你消消气,啊?

【男人轻触女人的肩膀。

女人:你到底来干什么?

男人:我只是想来看看你,看看你过得怎么样。看到孩子的照片,我忽然也想看看他。

女人:你别想打我孩子的主意。不管你想怎么样,别碰我的孩子。

【女人把孩子放到沙发上。

男人:我只是觉得,他很特别,很奇妙。

女人:你现在就离开这儿,从我家里滚出去。

男人:……

女人:你从头到尾就是想要羞辱我,就像两年之后忽然想起,哦,当时我经常用的那块抹布放到哪儿去了?我得把它找到!它擦起灰尘来比任何一块都顺手!所以你就来了是不是?你完全不管抹布这些年在想什么,它已经被你扔掉太长时间了,长得你都忘了它上面有几个破洞。

【女人情绪越发激动。

男人:对不起。我不知道我忽然出现会让你这么不舒服。

【男人拿起衣服,默默地向门口走去。女人看着他。

男人:(走到门口,回过身来)如果我想带你离开这个家,这个大房子。即使是晚了一年半,错过了几千辆火车。

女人:(有点哆嗦)……

男人:对不起。我知道已经太晚了。

女人:……

男人:但是,我还是想问你。你会跟我走吗?就像当年我们约定好,在你家楼下见面,即使你父母会伤心,会跟你断绝关系……毁掉跟中医小伙子的订婚……

女人:你凭什么啊?

男人：我知道不管我说什么，都像骂人一样。

女人：我让你滚出去了对不对？

男人：……

女人：你站在这儿红口白牙说这种屁话想干什么？

男人：我也不知道怎么会这样，也许我该收回我的话……

女人：（打断）为什么？我为什么要跟你走？

男人：这只是我自己的想法……

女人：一年半以前你明明可以带我走，但是你没有来。没有！

男人：我们暂时放下那些不愉快的事情好吗？我没有恶意，我只想再试试看，给生活一点喘息的机会。

女人：……

男人：所以……就在今天，你会跟我走吗？

女人：……是啊，我会。两年来我每天都在等你，等你来跟我说这句话。带我离开这儿，去哪儿都行。

【男人看着女人，笑意渐渐在脸上浮现，他慢慢走回，靠近女人。女人有些抖。

男人：那你父母和丈夫怎么办呢？

女人：（痛苦地）对他们我很抱歉。

男人：他们很爱你。

女人:是。

男人:你的孩子需要你。

女人:(机械地)是的。我爱我的孩子。

【男人吻她。女人紧紧拥抱他。

女人:(喃喃地)就算所有人都骂我是个贱货。

男人:你也还是愿意跟我一起走。

女人:我愿意。

男人:你刚才咬我那一口,我以为会撕掉我一块肉。

女人:我恨你,可我更瞧不起我自己。

【男人慢慢开始脱女人的衣服。女人的头发披散下来。

女人:(充满梦幻地)我们今天就走。

男人:去哪儿呢?

女人:就按原来的计划,我们坐火车去成都。

男人:成都,是啊。原来我们是这么想的,那儿没人认识我们。

女人:我们从头开始。

男人:(含混地)可成都太闷热了。

女人:……你去过了?

男人:我去过了。

女人:(敏感地)什么时候?跟谁?

男人:反正是在这见不到你的一年半里……我

把你的照片放在钱包里,这样就像带着你一样。我甚至想,是不是能够在这个陌生的城市里碰见你?也许在武侯祠,也许在宽巷子,一回头就会看见你。

女人:我一直在这儿,一直都在。我怕我离开这儿你再也找不到我了。

男人:看,我们一直在彼此寻找对方……不是吗。

女人:如果你想要找到我,随时都可以。

男人:你已经有自己的生活了,我不能再打扰你的平静。对吗?

女人:(讥讽地)听起来真像那么回事。

男人:我想先去那儿看看。如果真的有那么一天可以带着你离开,我们能直奔那里最好的地方转转。

女人:(不再追究,憧憬地)现在你终于可以带上我一起走了。

男人:我去过才知道,成都不适合我们长期生活。

女人:……那我们现在该去哪儿?

男人:海边怎么样?

女人:好啊。我们可以在海边租一个小房子,每天晒太阳,喝点白葡萄酒,吃渔船上刚打回来的海鲜……什么都不想。

男人:听起来真不错!

女人:青岛!你说得对,北方人应该住在北方。

男人:咱们再想想是不是周全。海边空气好,风景美,不过短期度假可以,长期住好像又太潮了。而且离市区那么远,买东西也不方便。

女人:你说得好像也对。

男人:再想想!你想去哪儿?

女人:只要能跟你在一起,去哪儿都行。

男人:(沉思地)也好。换一个环境,我想我一定能写出点好东西来。这儿完全不适合创作。

女人:(信任地)是啊,我也是这么想。

男人:(受到鼓舞)你相信我能成功,是吗?

女人:当然,我从来都认为你是有才华的。只是你缺少那么一点点……信心。

男人:那就去北京,决定了。那些老炮儿都在那儿混,机会也多!我有几个朋友早年在那儿漂着,现在都买了房买了车——我去找找他们,应该没问题。

女人:好啊!你可以把写的音乐放在网上,如果喜欢的人多,还是有机会的。

男人:(大男人地)你不想上班还是可以不用去,我养你。

女人:不,我可以重新找一份工作,我有办公室工作的经验,应该能应付。

男人:嗯,女人有份工作也好。好吧,我每天早晨送你上班,然后回家工作,傍晚再去接你下班。

女人:(依偎着男人)咱们一起去买菜,回到家里我做饭,你在我边上看着我。

男人:……你现在会做饭了?

女人:(难为情地)能炒熟……平时都是保姆做。不过我想我能行,不会饿着你的。

男人:(体贴地)我不会让你干这些活儿的。我来做,你就舒舒服服地待着就行了。等我混好了,你就可以辞职不干了。

女人:嗯,到时候咱们再商量,也许可以开一个网店……只要跟你在一起,干什么都不重要。

男人:……可我对我老板得有个交代,不能就这么走了。

女人:上了火车你给她打个电话,

男人:这样不好吧……我怎么说呢。

女人:就说你辞职了,要去北京发展。谢谢她对你的关照,有机会再见。

男人:那我成什么人了?她对我不错。

女人:……那你去公司跟她告个别,我马上收拾东西,咱们在火车站见。

男人:这么做是不是太突然了?她一定没法接受。

女人:那就什么都别说,走就是了。到了北京你可以写一封邮件给她,这样既能说明问题,又有余地。

男人:……你说得对,这样就不会太尴尬了。好的,那就这么定了。

【男人并没动。女人看着他。

男人:那么……我们带上孩子吗?

女人:(有点变色)你为什么又问孩子的事儿?孩子跟你我有什么关系?

男人:当然有。如果孩子是我的,我们一起走就有很充分的理由。

【女人推开男人。

女人:如果孩子不是你的,跟你一点关系都没有呢。

男人:你骗不了我。

女人:这孩子是我丈夫的。

男人:他刚才一个劲儿对着我笑。这是一种直觉,好像我们原来就认识。

女人:你跟一个还不会说话的孩子谈直觉?

男人:我今年三十岁了,我不是傻子。

女人:我是这个孩子的母亲,我知道他的父亲应该是谁。

【沉默。

男人:是啊。……为什么一定要深究这个问题呢?他那么可爱,有那么多人爱他,愿意保护他。这就够了。

女人:愿意豁出命去保护他。很多人。

男人:如果我能陪着他长大……在他长大一些之后,我会让他骑在我的脖子上,带它去动物园看老虎看狮子看熊猫。

女人:你说过小时候你爸爸也答应过带你去。

男人:但是他喝醉之后吐了一地,睡着了。哈哈,我绝不会像他那样!等这小子能跑能跳了,我要买一身最贵的球衣送给他,告诉他怎么带球过人,怎么严防死守,怎么把对手溜得团团转。

女人:要是他踢得着迷了,不肯回家呢。

男人:我会去陪着他一起守着月亮和路灯,一直到他累得跑不动了,再背他回来。

女人:听起来你会是个好爸爸,是不是?

男人:这并不难做到!他如果打碎了碗,我一定不会揍他,更不会在喝多了的时候抽他嘴巴。

女人:(微笑)如果你揍他,我一定会揍死你。

男人:(忽然地)……他对孩子好吗?

女人:很好。说实话他是个称职的、无可挑剔的父亲。他回家总会洗过手再抱孩子,跟孩子聊天,很有耐心。

男人:他是个好人——即便他没什么幽默

感——他是个好人。

女人:他很务实。

男人:哈,再多说一点。

女人:很——体贴。

男人:比如呢。

女人:他会隔一阵子就买花、买礼物回来。也会经常订些戏票、演唱会门票带我去散心。

男人:……我从来没给你买过这些。

女人:有一次你买了,一堆各种各样有点干巴的花。

男人:你一定是记错人了。

女人:那是因为,地铁出口一个卖花的小姑娘冻得直哆嗦,你说买了花让她早点回家。

男人:我不记得了。……或者当天我喝醉了?我怎么会有闲钱去干这事呢。

女人:那些花被我做成了真正的干花,放在枕边。

男人:现在还在吗?

女人:被我爸扔掉了,我为此哭了一场。

男人:为什么要哭呢,花总是要谢的。你看,你现在有这么多花儿,养得多好。

女人:它们都比不上那一把。

【沉默。

男人:你爸妈他们对你的婚姻应该很满意吧。

女人:是。

男人:他们身体好吗?

女人:我爸刚动过一次手术。

男人:真没想到。他看起来完全不像是会生病的人。

女人:他很不习惯过这么清闲的日子,之前各项指标都正常,退休才一年就查出毛病了。

男人:现在怎么样?

女人:基本没事了。自从他养了几条狗以后,就好多了。他最大的心愿是想训练它们像士兵一样站队,统一听他口令。

男人:你妈妈还好吧?

女人:她偶尔跟我爸吵吵架,活动一下,不然运动量太小了。她最近迷上了视频聊天和网上购物,吃饭都懒得下楼,要让保姆送到卧室去。

男人:他们帮你带孩子吗?

女人:他们有时候来看看孩子,或者我和保姆带着孩子去看看他们。我爸正在术后恢复,我妈……孩子一哭她就头疼,不像你妈妈。

男人:我想,她们应该没有什么可比性。

女人:我的意思是,我妈虽然很多年没有上过台了,但她的脾气秉性一直没变。你妈妈更朴实一些。

男人:她辛苦了半辈子,伺候我爸和我……她没有条件头疼。

女人:我没有别的意思。

男人:好吧,你妈妈对我还是挺客气的。

【沉默。

男人:或许我们可以带上孩子一起走。

女人:不。

男人:为什么你这么坚决。

女人:我不会拿我的孩子去冒险,他远比我自己更重要。

男人:自从我看见这孩子的照片,我心里像被什么东西摇晃了一下……他半岁了,从那次咱们分开之后,你就怀孕了。不是吗?

女人:从你撕毁了我们的约定之后我一个月之后就结婚了。

男人:结婚只是形式。如果你爱他,我们不会有那样的约定。

女人:他在我最困难的时候仍然选择站在我这边。我很感激他。一个马上就要淹死的人,还有人愿意拉它一把,我应该报答他对我的这份恩情。他是孩子的父亲,他很疼爱这个孩子。……他会照顾孩子的。

【沉默。

男人:对不起。

女人:不需要,我不需要这三个字。

男人:我怎么补偿你呢?

女人:你想说什么?

男人:我没有别的意思。

女人:我们不是要离开这儿了吗?别说这些傻话了。

男人:我还想多问一句:既然你现在已经发现他那么好——适合做一个丈夫——你为什么还是想离开?

女人:别这么问我。

男人:跟他相比我一无是处,没工作的时候是个混混儿,有工作的时候也只是一个打工的。更可耻的是,在你心里我还是个背信弃义的骗子。

女人:你别说了。

男人:可你还是——爱我。是吗?

女人:(痛苦地)你每一句话都像在往我脸上吐唾沫。

男人:(伸手搂住女人)如果我们一起离开的话,你可以相信我、依靠我。

女人:我会的。只要我们一起走。

【沉默。

男人:(忽然有点不安)会不会忽然有人敲门,或者闯进来?

女人:应该不会。

男人:你确定?

女人:保姆有事回家了,要明天才回来……他出差了,有个学术会议。

男人:如果他提前结束会议,想给你一个所谓的惊喜,就这么回来了……

女人:(烦躁地)我说不会就不会,我了解他。

男人:好的,听你的……所以这是命运又一次安排我们在一起,是不是?

女人:随便你怎么说吧。

【沉默。

女人:好吧,是命运,不然我不知道还能是什么。日子就这么一天天地过,一直到今天,像有人从窗外飞来一板砖——玻璃碎了一地——它一直飞进客厅里头,落在完全想不到的某个位置,一片狼藉。我知道会有这么一天,所有之前发生的,都像是一个轻描淡写的玩笑。

【沉默。

男人:我这是在干什么呢。

【沉默。

男人:你说得对,所以你就把我刚才说的那些话当成开玩笑吧。

女人：什么？

男人：刚才我所有的话，不知道怎么就从嘴里溜达出来了，是今天我说过的最冷的笑话。

女人：我们今天不是要一起从这儿离开吗？

男人：佳节，我只是假设，就像一个很美好的梦。

女人：我听不懂你的话。

男人：我斗争了很久，要不要来。刚走进这儿，就跟做梦似的。我看见你，觉得确实有那么一点点陌生……我差点掉头就跑。但现在我觉得留下来跟你聊一聊，是非常对的。我觉得这重新在我们中间搭起了一座桥。而在此之前，我已经把它摧毁了。

女人：……所以你从迈进客厅的第一步就开始后悔了，走进来之后就在考虑怎么体面地离开。

男人：不不不，今天的碰面让我感到非常亲切。我甚至觉得我们刚分开，就又见面了。好像是各自度过了一个漫长的假期，又重新碰面的两个老朋友。

女人：那么你今天来找我只是为了叙叙旧，重建一份什么他妈的友谊是吗？

男人：我在这一年多里，前思后想过很多次。佳节，我们也许没有缘分成为夫妻，这是老天安排的。做最好的朋友也许才是个好选择。

女人：……

男人：我只要知道你在那儿，知道你身体健康，过得很好。知道你的生活在向前继续,平静舒适。知道我能在某一天见到你,就可以了。

女人:多么感人。

男人:这是一种安全的方式。你只需要在你遇见困难的时候想起我——如果你还愿意信任我,你就告诉我。如果我能够帮你——当然我没什么本事——但你有个人念叨念叨,心里起码能好受点……我也好知道你的近况。

女人:不然你良心上过不去,是吗?

男人:我就远远看着你,够了。

女人:你总的意思是,刚才说的那些,都是些屁话,让我别认真。

男人:佳节,我有一份需要上班的工作,老板对我不错。我得每个月把挣到的钱拿给我妈,她照顾我爸太累了。我爸年轻时候喝的那些酒,找上他了。

女人:我有存款。我们可以给你爸妈一笔钱养老,剩下的我们留着租房子。我们什么都不需要,一切都可以重新开始。我们现在就走,马上离开这儿。

男人:佳节,我……快结婚了。

女人:(茫然地)……你跟谁结婚啊?

男人:我的老板。她一个人带着孩子,不容易。她想跟我过,我对她也不反感。

女人:那我呢?

男人：你有家啊。你丈夫很爱你,生活无忧。你会很幸福的。

女人：那我怎么办？

男人：你应该很幸福,我希望你幸福。

女人：(眼神开始黯淡)我还有一句话要问你……当年你为什么没有来带我走？

男人：这很重要吗,佳节？

女人：是啊。对我来说,这一年半我怎么想都想不明白的,就是这件事。没有理由,没有任何征兆。

男人：对不起,但我真的没什么好说的。

女人：我从夜里等到天亮,我想你可能是被什么人绊住了,可能你丢了手机,丢了钱包,被坏人给害了……我胡思乱想害怕极了……我想报警……我相信你不会无缘无故地不来,就算是改变主意也该给我发一个短信……我拼命给你打电话,打到你手机关机……再见面就是两年之后这么一个下午。一切都变了。

男人：我不想谈这件事。

女人：(嘶哑地)就算你可怜我,我求你告诉我。

男人：头一个礼拜的时候,你父亲找过我。

女人：(吃惊地)……

男人：是啊,他不会告诉你,告诉他最心疼的女儿。他来找我,答应给我一笔钱。只要我离开你,价格可以谈。

女人:所以你拿了多少钱走了?

男人:我看见你父亲那种眼神,那种仇恨又伤心的眼神……我忽然想起我自己的父亲。他喝多了老是跟我妈动手。终于有一天我攥住他的胳膊,他那时候就是那副眼神。

女人:所以你拿了他的钱,又来报复他女儿,让我听听,我值多少钱。

男人:我没有拿一分钱。我把他的卡装回他兜里……(笑起来)好吧,我撒谎了。

你父亲当时并没有拿出钱来,他很轻蔑地看着我,说,你配不上我女儿,我甚至不需要用钱来砸你,你不配。看见你的眼神我就知道你是个孬种,总有一天你会自己从她身边滚开。说完他就走了。

女人:(轻轻地)到底什么才是真的?

男人:(接着自己的话说下去)我当然不相信他的话。我想,我一定要带你走,开始我们新的生活。为此我要庆祝一下,所以在当天晚上我找到几个发小,你见过的,强子、大刚、催巴儿,我们要去酒吧一起痛痛快快喝顿大酒。

女人:……后来呢?

男人:我们喝得真高兴。他们都夸你是个好姑娘,祝咱俩幸福。后来我渐渐开始晕了。但我能记得,隔壁桌有人听过我们的乐队！他送了我们好多酒……他们好像劝我别喝了，但是我只想喝醉……为了我们的友情而干杯！我一下子就断篇儿了。第二天早上醒来，我发现自己在一个快捷酒店里，窗帘没拉，太阳就那么照在我身上，特别刺眼。在我身边……有个我不认识的姑娘。我愣了半天，我知道我错过了火车，还有你。

女人：这不是真的。

男人：(羞愧地)这是真的。我不敢去找你，因为我没法告诉你，我喝大了，还跟别的女的上了床，所以我没法回你的邮件、电话。

【沉默。

女人：(干涩地)你爱过我吗？

男人：(轻轻地)是啊。

【沉默。

男人：太阳快下去了，凉快一些了，我也该走了。

女人：(哽咽而绝望地)如果我跟你说，这是你的孩子，你会带我走吗？

男人：……你好好的。

【女人无助地看着孩子。忍住泪水。

男人：咱们都好好的。

【男人轻轻摸摸女人的头发，像个兄长一样。

男人：我走了。

【男人仿佛被掏空了,拿着衣服站起来,慢慢走到门口,回头看看女人和孩子。

男人:(轻轻唱起)"还记得那个夏天的夜晚吗?那一夜是个秘密啊……"我只写过这两句歌儿。……再见,佳节。

【男人走出门去,从外面关上门。

【音乐低低地响着。

【女人崩溃而绝望地追到窗边,终于低下头无声地哭泣。她泪眼蒙眬地看到地上的花盆碎片,徒劳地捡起一支蓓蕾,呆立。

【少顷,她把蓓蕾连花带叶渐渐攥在手中,紧紧握着,似乎要将它碎成齑粉。

【然后,她站到窗台上,向窗外迈出腿去。她将整个身体探出窗外。

【孩子忽然大哭。

【女人没有回身,但终于还是在窗台上缓缓坐下。

【夜幕来临,光渐渐收,终于沉入无边黑暗。

【孩子的哭声在暗夜中似乎格外响亮。

第二场

时间：看起来像是现在，事实上比第一场要早。
地点：诊所。
人物：

医　生　40岁。一个北方城市中产阶级标配男人形象，把白大褂穿得一丝不苟。

女患者　36岁。有一种人间烟火气。

【光启。医生和女患者对面而坐。

医生：什么时候会呕吐？

女患者：随时随地。直接喷射出去，我感觉自己像一把喷水枪。

医生：上一次是什么时候？

女患者：三个月前，我和朋友在逛街，忽然有一辆车在我后面大声按喇叭,那声音像一把锤子敲在我耳膜上,然后我就开始呕吐。吐得一塌糊涂,昏天黑地,吐了隔夜的饭,差点把胆汁都吐出来。

医生:你开车吗?

女患者:原来开,现在不开了。

医生:为什么?

女患者:因为有一次在高速上,我忽然想要换一张CD,但那张CD紧紧地扣住盘盒拿不下来,越拿不下来我就越想换。高速上阳光好极了,前后都没有车,好像就只有我人车合一地前进着,那种愉悦的感觉到达了顶点……这么好的气氛。忽然那张CD掉出来了,滚到了我的脚下。我要把它捡起来,我用脚感觉它的位置,脚垫儿太厚了……我有点焦虑,我低了一下头,把它捡了起来……再抬头的时候,车头已经碰到隔离带了,我吓得闭上了眼睛……我听见刺耳的喇叭声,铺天盖地……我用了三个月的时间恢复,从那以后就没再开过。

医生:(写在病历上)应激障碍。

女患者:还有一次,有一个人来我公司面试,我一看见他就控制不住,冲进了洗手间。

医生:他对你有什么侵犯的行为吗?

女患者:他长得太像一只猩猩了。我从小就怕猩猩,在动物世界里看他们跑来跑去,我就整夜做噩梦。我看不得人像猩猩,来自"星星"的你也不行。

医生:(停下笔)……

女患者:这属于什么呢,医生?

医生:您是在跟我开玩笑,对吧?

女患者:当然没有,我这个人做事一向认真。

医生:我也是很认真的人。但很遗憾……我以自己的认真,判断出您在跟我开玩笑。(站起来)您的病,应该去看心理医生。我是个中医,辅修过心理学不假……但猩猩什么的,很抱歉我无能为力。

女患者:殊途同归。我来找您,是因为我信任您,您名声在外。

医生:谢谢您的信任。外邪犯胃、饮食不节、情志失调、病后体虚……都会引起呕吐。可猩猩……我确实管不了精神科的事儿。

女患者:(思索着)您的样子……很像一只……受了刺激的考拉。

医生:说句实话,我现在有点不太高兴。

女患者:(继续思索着)情绪波动,体内生物节律发生变化,就像月亮因为万有引力而引发的潮起潮落……您每个月都会这样吗?

医生:等等,您是把我当成闺蜜了吗?我想,可能接下来您会问我是不是每个月都有那么几天,还会问我是不是准时。

女患者:您看,男性也一样会情绪起伏波动,这是科学,您不能不承认吧。也许您的事业没有看起来那么顺利,可能您的家庭根本就不够幸福,这都是诱因。羞于承认只是因为顾及颜面。

医生:您在试图挑战我的底线吗?

女患者:咱们换个话题吧。您是为什么学医呢?

医生:因为学医可以帮助千千万万的人。

女患者:听起来冠冕堂皇。来个接地气的,学医是金饭碗,不会失业。学医体面,受人尊敬。在病人和家属面前您具有极大的权威,生杀予夺,简直就是上帝。

医生:不不不……我们是服务行业。看,您挂了号我就得接诊,不管我愿不愿意,今天是不是生理期。您穷极无聊跑来消遣,我还要礼貌地陪伴,耐心地倾听,察言观色望闻问切。您是上帝。

女患者:(就等这句)好!既然这样,我要求您对我笑一下。

医生:……

女患者:就笑一下。

医生:……

女患者:微笑服务,这是服务行业的规范。您看您的脸已经快耷拉到脚面上了。

医生:对不起。我不卖笑。您已经是第三次来挂我的号,每次说的话跟看病根本不挨着。第一次您跟我讲了您童年缺少父爱,第二次您回顾了学生时代的趣事,今天终于讲到工作以后的事儿了。我一直看不出作为一个医生,我对您能起到什么作用。

女患者:可您不觉得我对您的信任是一种财富吗?这些话,我不会对我的下属说,他们没有必要知道我的软肋在哪儿;我也不会对我的儿子说,他看到的都是我宇宙无敌心灵手巧的那一面。

医生:(按捺地)您可以对您的丈夫去说,他有义务当您的垃圾桶。抱歉,我时间宝贵。(站起来)再见。

女患者:我没有丈夫。

医生:(做了个忍耐的手势)……意料之中。听着,我要下班了。

女患者:一千块。我诚心诚意,买您的时间。

医生:麻烦你从外面把门关上。

女患者:(笑了)您这个笑话早过时了,说明您不是一个与时俱进的人,这符合我对您的猜想。好吧,咱们换个方式,开始真正的交流和互动,这样更公平,也更有意思。怎么样?

医生:(受够了)我现在喊人带你出去,他会带你从大门离开。还有,我不希望再看见你。

女患者:您的爱人很漂亮,她漫不经心的眼神和微微扬起的下巴,看起来像是一只标准的暹罗猫。她走路的时候好像在梦游,说话的样子就像对一切都厌烦透了。但这并不影响她的美。

医生:……

女患者:您看,现在您的眼神和表情都在起变化,您对我的话并没有不同意见。而我也只是想向您证明我的观点,您不觉得每个人都像一种动物吗。有人长了一双羊眼,有人长了一张马脸,还有人长得像狗。尤其是夏天的晚上,主人们牵着自己的宠物在外头溜达,您就看吧,是谁的狗长得像谁,体型、做派、表情,特别准。

医生:你怎么会认识她?

女患者:您别紧张。有一次我看见她到诊所来找您,在走廊里说话。您和她真是男才女貌,非常般配。

医生:(有些不自然)她不常来,也许你看错人了。

女患者:眼神是藏不住的。她的背包带子滑到胳膊上了,您伸手帮她拽了一下。那一下,我就知道了。

医生:您是做什么工作的?

女患者:在您面前,我就是一个病人,渴望得到医生的帮助。聊天是治疗的手段,情感上我们都是需要关爱的孩子。

医生:您说话的语气不容置疑,中气十足。您妆容精致,眼神儿里夹枪带棒。您表达能力极强,描述很有场面感,有煽动力。您不是公务员就是经商的。但您唯独是没有那份矜持劲儿,所以您应该是个商人。

女患者:您的脉号得够准的。

医生:观其形,辨其声。基本功而已。

女患者:要不然我为什么来挂您的号呢。说个高兴的事儿,这三次跟您见面聊天,我的症状都有不同程度的缓解。

医生:这倒新鲜了……我给您开的方子,您并没照着取药。有很多患者都是这样,他们并不信任医生。或者觉得医生开药都是为了创收。我觉得您不是为了第二个原因,那么应该是第一个了。

女患者:我从来不吃药,是药三分毒。

医生:那您压根不该来医院和诊所这样的地方。

女患者:我自己能治疗自己。身体上能排毒,心里的毒,需要有人帮我疏导。您不是也一样吗,您定期去看心理医生。我想,您不是为了给他开方子吧。

医生:(吃了一惊)我不明白您的意思。

女患者:那个医生,刚好是我的中学同学。我在那儿见过您好几次。但我永远不会找他治疗,因为他每次跟我吃饭,聊的都是明星、股票、基金、二手房、孩子上重点……这些家常琐事,他和他老婆的矛盾,婆媳不和,让他非常苦恼。

医生:……

女患者:所以我绝不会付钱给他,我倒觉得他应该付钱给我。当然我不是想砸他的招牌,他也是个可怜的人。但您就不同了。您一帆风顺,一路保送,九年本硕博连读,到了适婚年龄被您患者看上,招到家里当女婿。青年才俊的样板故事。

医生:(按捺怒火)这都是他告诉你的?你到底还知道些什么?

女患者:真好,"你",这个字显得比"您"要亲近得多了。即使有点敌意,那也是一种非常明确的指向——您的心理医生在倒垃圾的时候,不小心把您的故事倒给了我。他恪守职业道德最后的底线,没有说出您的名字。所以我也不知道,这个故事中的主人公究竟是不是您。看来,我没猜错。真高兴。

医生:他不配当个心理医生。这件事只能说明他缺乏职业道德。(沉思地)可是我找他,只是因为……他是一个拥有行医执照的陌生人。我可能只是需要一个陌生人。……他还跟你说什么了?(有点紧张)

女患者:你们已经不算陌生人了。他掌握了你所有的恐惧和担忧,他知道你所有稀奇古怪的梦。你做的梦里,总是有在高楼上起飞的场面,但心中非常害怕会摔下来。你看,咱们其实也不陌生了。

医生:你是在要挟我吗?

女患者：我们是在同一趟车上。也许有一天，我们会成为最亲密的伙伴和朋友。

医生：……我不明白你想说什么。

女患者：多一个朋友，会多一种可能性。

医生；但我对您压根不感兴趣。您的人生始终在呕吐，我不明白为什么我现在还坐在这儿听你说话。（起身要走）

女患者：因为我还有更有意思的事儿要讲给您听。

医生：哈，我不想听！（往外走）

女患者：我想跟您聊聊暹罗猫的事儿。

医生：别胡扯了……（不由自主地放慢了脚步）

女患者：优美，高雅，对寒冷敏感，喜欢舒适生活。"泰王宫内饲养暹罗猫的历史可以追溯到拉玛国王五世时期，从那时起，暹罗猫就在宫廷内安居下来，宫廷里的人像对待王子和公主一样精心饲养它们。它们被打扮得珠光宝气，连喝水吃饭用的碗都是非金即银。它们住在配备有冷气的豪华房间里，一天三顿饭由一专门的厨娘料理。"

医生：我不是兽医。

女患者；所以您无法给您的爱人开出任何一张底方。她是猫，你要么当只狗，要么变成老鼠。除非您是兽医。可是显然，您连人都不是全能搞清楚。

医生:(不服气又若有所思)也可以把猫当宠物养起来,我就是这么做的。

女患者:您注意过猫的笑容吗?

医生:这倒是。猫有时候是会笑的,它可能以为它是人。

女患者:她的眼睛会盯着你,深不见底,那里面,藏着一扇门。当她的眼睛眯成一条线,那是她完全把自己交给你了。

医生:猫太难养……但喜欢猫的男人,是真懂得关心,不求回报的。因为猫的性情难以捉摸,忽冷忽热……

女患者:您说得对,看来您深有体会。很不幸您的爱人偏偏是个女文青,猫王。

医生:其实,我们还没有结婚……我的意思是说,她目前还是我女朋友。不过我们就快结婚了。

女患者:我劝您一句,不要起个大早赶个晚集。

医生:我们感情很好,从来没吵过架红过脸。

女患者:她父母对您一定很满意。

医生:还好。我是他们的保健医生,老人对养生非常重视。

女患者:她父亲戎马半生,指挥一切;母亲曾经是个美女,虽然过气了,但是非常注重保养……人老了都惜命,他们表现得尤其明显。这些,您的心理医生也都曾经提过。

医生:听着,我不管你来这儿的目的是什么……我有义务保护我的家人。

女患者:您忽略了一个重要事实,您还不是他们的家人。家人是需要时间累积亲情,来打通血脉的。有婚姻事实,您姑且能算一个家人;没有这个事实,您随时会出局。

医生:(有些震惊)不可能,他们对我就像对儿子一样。

女患者:他们需要你。而他们对你究竟有多好,取决于你让他们的女儿过得有多好。如果他们发现,女儿对你没有那么喜欢……或者说,压根不喜欢。当然我只是打个比方,像您这样的青年才俊怎么可能不招女人喜欢?

医生:……

女患者:不过女文青们不走寻常路,她们最不爱的就是钱。

医生:难道有钱不好吗?女人不是最喜欢花成千上万的去买一个连一斤鸡蛋都装不下的包吗?她们出趟门做指甲,全身的行头,足够在我老家连摆三个月的流水席……(意识到说多了)

女患者:您是那么优秀,长得也精神,学霸一枚,大有前途,懂规矩,讲礼貌,普通女性追逐的对象。但文艺女青年的要求还要更多一些,比如幽默感,比如诗意,比如节奏感,比如画面感。当然,出身不是我们能选择的,它决定了一个人的频道。您满腹学识比不了一个眼神,不菲的收入抵不上一首情歌。

医生:……我其实偷偷在学弹吉他,可是我弹得不好。我知道她喜欢这些,我在努力。

女患者:您可以用拙劣的水平为她演奏一曲,她会感动的。

医生:是,她经常会被我感动,感动到流眼泪,没完没了。女人真奇怪,表达情感的方式就是哭。我想,只要有一颗诚心,再难的事情都能够做到。

女患者:眼泪的成分里绝大部分是水……水分太大。

医生:不是都说女人是水做的,男人是泥吗。加在一起就是水泥,结结实实能盖大房子。

女患者:可如果水泥标号不够,早晚会出事故。房倒屋塌,人去楼空。

医生:你有什么建议?

女患者:第一,既成事实。第二,清除幻想。第三,永绝后患。

医生:我们计划结婚,她父母已经在帮我们筹备了,这是既成事实。我对婚姻没有幻想。结了婚,再有了孩子,女人一般就没有退路了。母性会让一只猫变身,变成老虎。到那个时候,她张牙舞爪护着的就是我们的孩子,这就是永绝后患。

女患者:家庭主妇出轨的概率更大。

医生:我不相信没有一条永恒的道路。科学告诉我们,一切物质运动都是有规律的。

女患者:有。那就是死心,死心才能塌地,这是女人的命门。谁都得过日子,这日子过了,什么事儿都过了。每顿饭,一天,一个礼拜,一个月,一整年。甭管从前多么血肉模糊,那点儿伤疤也就长上了。放心,她自己也不愿意老撕开。谁疼谁知道……总有一天,一切都不再明显,好像什么都没发生过。顶多忽然走个神儿,也就到头了。要想彻底去除瘢痕,最好再有人给她经常调理着,从外到内,温补。

医生:……我经常给她配些清心润肺去火的方子,她体质太弱了。

女患者:对,中药比西药温和。但在每个疗程的最开始需要戒断,治重病得下猛药,不能心疼病人。这个我班门弄斧了,您是专家。

医生:您真是个神秘的女人。

女患者:我只是希望您能如愿以偿获得幸福。

医生:我有一个问题想问您……您结束婚姻又是为了什么呢。

女患者:因为我的前夫说话声音太刺耳了。

医生:(温和地)这没办法。如果一定要有一个缺点,这不是原则问题。

女患者:这也是解决不了的问题,天生的最难办。

医生:可说话声儿不好听这件事儿,从一开始就知道啊。

女患者:我年纪大了,人人都说我太过挑剔。听人劝吃饱饭啊,他性情温和,各方面称得上居家必备。我不缺钱,我缺的是人。

医生:完全能理解您的心情。我不缺人。但刚毕业那会儿,穷得只够买一瓶辣椒酱,一袋子馒头,顿顿抹着吃。辣酱只剩瓶儿上那一点的时候,我会用勺子细细地刮干净,让它们聚集在勺尖上……现在一切都过去了。

女患者:就像用勺子使劲刮饭盒,用指甲没完没了地划玻璃,唱歌持续走音,弹琴永远不在拍子上还激情澎湃。后来我想通了,他要跟我说一辈子的话呢,我才听了几年,就觉得我的生活质量完全跌进谷底了。他的话越来越少,越来越少。我们在一起的时候,也很少说话。一般都是我问,他答。更多的是嗯,是,不用。后来只有点头或者摇头。再后来,连这个都免了,眼神儿都没了。所以只好分开。

医生:他再婚了吗?

女患者:他找了一个特别安静的姑娘,从小就听不见声音,他学会了一套手语跟这个姑娘交流。然后他在他的新家里高声唱歌,大声打电话,想怎么高兴,就怎么高兴。

【沉默。

女患者:我的儿子说话声音很像他父亲。因为这个,我挺恨我前夫的。但我没法不爱我儿子……如果再结婚,我会给孩子找一个声音好听的人当爸爸。

医生:希望你能够达成心愿。

女患者:也祝你心想事成。我知道你是个善于制定计划,并且行动力超强的人。

医生:方向很重要……

女患者:我知道在八里河有一家小酒馆,非常值得一去。每天晚上,都会有年轻人点一箱啤酒,边喝边唱,喝到称兄道弟,唱到热血沸腾,觉得未来一片美好。也许会有人为这些年轻人彻夜等到天亮。

医生:他们往往会喝得烂醉,人事不省。年轻人嘛,总是容易忘记重点。脑子一热,就什么都不顾了。他们自以为青春就是一切,却不懂得岁月的可贵。

女患者:老也等不到,也就死心了。

医生:年轻时候,都折腾过。不折腾,哪儿叫年轻,折腾过了就踏实了。

【沉默。

女患者:我想,您一定很爱您的女朋友。

医生:当然。我的责任就是保护她,让她少走弯路。

【女患者站起身来。

女患者:很高兴能够跟您一起度过一个愉快的下午以及傍晚。(拿出一个信封)聊表心意。谢谢您让我占用了这么长时间跟您聊天。

医生:(不置可否)您太客气了,我也很高兴。您还有什么其他的愿望吗?

女患者:祝您幸福,也祝我。

【女患者走出去,又回过身来。

女患者:你知道萧伯纳吗?

医生:很抱歉。

女患者:他说过这么一句话,让想结婚的结婚,想单身的单身吧……

医生:嗯?

女患者:……反正最后都会后悔。

【医生看着女患者。女患者笑着,看向医生。

【一片小酒馆的嘈杂声渐起。

【光渐收。

第三场或尾声

【时间:看起来像是第二场之后,事实上比第一场要晚。

地点:小酒馆。

人物:第一场里的男人。

　　　医生。

【吧台光启。光从对面不停地照在男人脸上,像一帧帧定格照片。

男人:我妻子病得很重,她老是呕吐。

男人:不,她儿子还不知道,我们刚结婚半年。她不想让她儿子这么早就知道这件事儿。

男人:她说让我来找您,您是她唯一信任的医生,她请您推荐保守治疗的方法给她。

男人:我会一直陪着她的。

【医生脸上光启。

医生:(看着男人)你说话的声音很好听。

男人:(愣了一下)谢谢。

【光收。

【剧终。

关于人世间的骄傲与隐秘
——《秘而不宣的日常生活》创作谈

林蔚然

上小学的时候跟着父母去外面吃饭,邻桌坐着的形形色色的人们往往比美食更能激起我强烈的兴趣。在那时的我看来,餐厅着实是个神秘的所在,那么多年龄不同穿着各异的人,围坐在桌旁,有的寡言少语,有的滔滔不绝,有的眼波流转,有的怒目相向,他们究竟在说些什么?或者他们此时说的又是他们真的想说的吗?人性的表里在餐厅这样一个秀场里频繁交换着信息与能量,而支撑这些对话的那些背后的故事,该是多么有意思啊。

对观察生活的旺盛兴趣我保持至今,很多用在作品中的细节都是直接取材于餐厅里、咖啡馆、出租车上"偷"拿来的作料。我惊异于人世间连绵不绝的超出意料的奇诡,也被那么多质朴的真诚和伟大深深感动,作为写作者,捕捉、记录并升华这些关于个体的骄傲与隐秘,关于时代的宽容与凉薄,是我们毕生的职责和追求。

生而为人,随着年轮,每个人都会承载越来越多的秘密。人的内心好像一条逶迤蜿蜒、有待开垦的路,这条路将伴随着你的成长一直修下去,有时候你以为完工了,但其实远没有到尽头,你内心深处的好恶、挂怀和欲望,冷不丁突然冒一下头,竟会吓自己一跳。"我怎么会是这样的人?""我到底想要干什么?"这些念头时时困扰着行走在凡尘俗世中的我们,有时诱我们迷失,有时也让我们警醒,但更多的,是过犹不及的无可奈何。于是我想,该试着把那些轻易看不见的东西拎出来,哪怕只是揭开苫布的一角,说不定会有意外的惊喜。它应该是一个在任何国家、任何时间都有可能发生的故事;它应该关乎每个人,就像隔壁的邻居家一样看上去既熟悉又陌生;它应该描述一个男人或者女人,被催促着走向熟稔的同时,亲手填埋着一个又一个难以开解又无法示人的秘密。终于,在某一天他或她猛地回头,发现一个深不见底的黑洞,悚然心惊。

这便是《秘而不宣的日常生活》创作冲动的源起。

这部戏的前身叫作《秘密》,是一个独幕短剧,是我个人创作历程中一次极为自由的表达。这要感谢2012年田沁鑫导演以艺术家个人名义联合苏格兰国家剧院、中国国家话剧院、北大影视戏剧研究中心共同发起的中国青年编剧"新写作计划"。在基于前述的创作冲动的驱使下,在"新写作计划"的鼓励和帮助下,我完成了《秘密》的第一版剧本。故事从一个平常的午后开始,一个闲适少妇的平静生活被前男友越窗而入彻底打破,两个人各自要从对方身上寻求一个真相,彼此试探,一触即发,然而又都终无所获。

这个小戏最终成为"新写作计划"中选拔出来,作为首个亮相在英国举办的"中国当代剧本展演"的三个作品之一,在苏格兰的格拉斯哥、巴斯盖特和爱丁堡三个城市演出了十三场。当我来到寒冷的格拉斯哥,坐在剧场里听到观众们随着剧情低声惊叹,忐忑的一颗心落回原地。《泰晤士报》《苏格兰先驱报》和《爱丁堡戏剧导览》给出了四星半和四星的评价。

这次舞台的检验,增强了我将之扩容为一出大戏的勇气和信心。2014年,应辽宁人艺和李伯男导演之邀,我们决定把《秘密》扩至一出由三个场次组成的戏剧,推向国内的舞台。接下来的故事似乎另外起笔:另一个午后,医生在下班前迎来最后一个患者。女患者得了奇怪的病症,她的描述携带着另一个秘密,触动人心,引而不发,又悬而未决。这一切与第一幕貌似没有关联，隐约中又环环相扣……而第三场更是在文本提供的基础上，隐匿于舞台之后，似乎勾勒出某一个遥相呼应的时空轮廓，却又为观众留下大片空白。

经过海外版的演出，我对于这个剧本也有了进一步思考的空间：这部戏写婚姻和婚姻中的男女，有戏谑和不留情面，但始终心有戚戚焉，把更多的谜题留给观众猜想和判断，他们在拼贴剧中种种秘密的同时，往往能能够唤起对埋藏于内心深处的隐秘情感进行探究的冲动。

海外版中青春物语的味道有些偏重，在此番扩容的过程中，我又增添的一组人物，他们可能分别是第一场中男人与女人口中的"女老板"和"小医生"，也可能是毫不相干的一组人物。他们比男人和女人拥有更高的社会地位，更体面的职业身份，然而却更加顾左右而言他，言不由衷，疑心重重。他们亦步亦趋，互相逼迫的对话其实刚好折射出我们日常生活的一个切面——每一个人都想要掌控全局，却又害怕失去当下所拥有的，于是只有不断地试探。第二场的质感与第一场截然不同，但延续并发展了第一场渗透出的焦虑感，而这种焦虑感其实又在时空逻辑上反向推动并呼应了第一场的剧情展开，这样一种设计，是想要试图解构那些伴随着日常生活一起不断重塑或瓦解的秘密本身,解构它们周而复始的顽强,以及秘而不宣的隐蔽。第三场似有若无的勾连,时空上的倒错,延续着也开放着更多的可能。

而对于那些人物欲言又止的话语,流淌着层层迷雾的欲罢不能,进退两难。这对于写作者来说是极有难度和乐趣的一件事情,我企图探索到它们最适当的分寸,这是生活表层之下的暗流汹涌,更是日常秘密的惊心动魄。潜台词中的层层包裹,等待着有心人来体察、感知、发觉。

这个戏充满争议。它不是按照中国观众所熟悉的路线——具有强烈故事性的作品来书写的。有人退场,有人骂街,有人在剧场外面遇见我特意跑过来提问,有人写下观感令我惊讶并充满欣喜。感谢有勇气在剧场中跟随人物们行进的观众们。我以为,一名合格的编剧,是不应该对你笔下的人物,和你人物曾经和正在经历的生活做道德审判和评判的,在我而言,其实只是想把这样的四个人物身上背负的从前的历史,和他们所面临的生活中的无法解脱的困境来展示给大家看,希望走进剧场的观众,能够通过这样的一部戏,重新审视自己的生活,直面自己的内心深处。

2016.1

在情感孤岛上捕捉"爱"
——评话剧《秘而不宣的日常生活》

徐健

"两性关系"、"婚恋情感"是时下都市题材话剧创作最为密集的书写话题。而如何从这些同类型、同题材的反复书写中"突围",不仅考验着创作者的眼光与智慧,也体现着他们的才思与体悟。林蔚然就是这样一位把生活中的经历与启悟投入到作品中并尝试"突围"的写作者,从《请你对我说个谎》《飞要爱》到《马路天使》,林蔚然以其对当代人情感世界精细且老练的揭示,显示了她的"与众不同",她用洗练而真实的文字捕捉两性之间微妙且敏感的关系,以毫不做作的任性与温情揭示心灵的成长与酸痛。日前,由辽宁人艺演出,林蔚然编剧、李伯男导演的话剧《秘而不宣的日常生活》在京上演,该剧除了延续林蔚然以往创作特色外,在都市话剧内容开掘和艺术呈现上为我们提供了新的叙事经验。

《秘而不宣的日常生活》讲述了两段貌合神离的"完美婚姻",呈现了 4 位主人公背后的"日常"生活与"隐秘"情感。从表层叙事结构看,该剧就与林蔚然之前的作品形成了很大的反差,即没有复杂的人物和结构关系,也没有多元交织的情节冲突,而是把一切的矛盾、碰撞都埋藏在了婉转简约的生活状态之下。从立意开掘上,该剧展示了甜蜜爱情背后的困惑与纠结,但也没有停留于此,而是深入人的内心世界,以近乎精神分析和心理解剖的方式,将男女两性在情感、婚姻问题上的迷惘与悖谬呈现了出来,既写出了备受情感煎熬的人物形象,也抽离出了这些形象精神深处的迷失、背叛、狂躁与挣扎。而"向内转",呵护人的内心世界,恰恰是林蔚然在该剧创作上的一次"突围"和"转向"。

以往的都市情感叙事,叙事的原动力往往来自于外部世界的挤压与推动,如第三者的介入、事业工作的紧张、金钱房子的物质危机等,主人公的形象体现也借助这些外力而存在、延展。然而,林蔚然在《秘而不宣的日常生活》里"剑走偏锋",她将自己的人物封闭在一个凝固的空间中,消弭了外在世界的支撑,让他们的情感世界在肆意、自由的书写中,变得深不可测、迷雾重重。每个人都在尝试挣脱、每个人都怀揣秘密，但他们也在习惯中麻木，也在掩盖自己秘密的过程中窥探他人的隐私。这种反叛与隐忍、掩盖与窥探之间的状态，正是当下都市人情感、精神世界的真实写照。《秘而不宣的日常生活》不以情节取胜，不借技巧炫耀，它用平静生活中的"一片涟漪"触动观众，让他们从不可名状的情绪状态中反观自身——看上去每个人都在奔波忙碌，每个人都在享受物质的充裕、品味成功的快乐，其实他们都生活在"情感的孤岛"上；他们内心潜伏着冲破生存现状的冲动，渴望冒险、叛逆，但实际上，却缺少行动的勇气，无法摆脱物质的束缚与内心的阴霾。

剧中，林蔚然的女性剧作家身份对两性形象的解读颇显功力。她笔下的女人敏感而细腻，常常纠结于男人言语表达、仪表动作、情绪变化的细节之中。女人拥有了在外人看来最为稳定、幸福、衣食无忧的生活，大房子、事业有成的老公、可爱的儿子，可这一切似乎并不是她最终追求的。她对家庭的"叛逆"，出现在男人——旧恋人到来的那一刹那。从相互的试探到一步步接近，打动心扉，重燃希望，直至最后情感的落空，女人情感状态的变化，犹如午后的春梦暴露了她不甘寂寞的内心。她的天真、任性，有对未来义无反顾的憧憬，也有超脱现实的偏执与渴求，而这正是处于"情感孤岛"上的女人回归内心的一次真情流露。剧中的男人,在林蔚然笔下,也不是那么的阳刚、担当,而是多少显得有些阴郁与犹豫,他是事业上的"奋斗者",却似乎不知道自己到底在追求什么,也无法给予女人相应的爱和温暖,他的言语胜于他的行动、幻想胜过付出。他的离去,看似是一种解脱与逃避,却恰恰暴露了内心的弱点与不安。林蔚然没有带着批判的眼光,指责他们的生活与选择,而是以近乎零度情感的展示,给观众提出了一个关乎他人和自我的爱的反诘。答案正如结尾一样,开放又充满蕴藉。

"让想结婚的结婚,想单身的单身吧,反正最后都会后悔。"萧伯纳的这句话虽然带着冷酷和绝望,但的确又是身处情感围城中的两性的真实境遇。剧作第二场,男医生和女病人之间犹如"心理暗战"般的情感推拿,从补叙的功能上,完成了对第一场的人物情感的呼应。但它又是独立的,情感呈现也更加直白、残酷。不管是女人(病人)的厌倦、乏味,还是男人(医生)的遮掩、躲闪,正如剧中台词所说:"情感上我们都是需要关爱的孩子",他们自以为最了解自己、可以在他人身上寻找安慰,到头来,却还是无法摆脱日常的无奈与情感的忧愁。

一直以来,同质化、雷同化成为制约都市题材话剧创作发展的一大瓶颈。《秘而不宣的日常生活》虽然还有进一步打磨的空间,但是一部"走心"的作品,其对当代人精神世界的细微捕捉,对戏剧文学性的深入开掘,对观众情感境遇的有效呼应,为同类题材创作的演变、新生提供了一种可能。期待这样的作品更多一些。

(徐健 《文艺报》文艺部副主任、戏剧评论家、文学博士)

小小的秘密如何惊涛骇浪
——看《秘而不宣的日常生活》

陶子

认识蔚然已经很多年了。知道她是中央戏剧学院科班出身的编剧，但最开始看的却不是她的戏剧，而是她的文章。十年前她还在《新剧本》当编辑时，我记得在一期《新剧本》杂志上看见她采写的何冀平的文章《第一楼头看月明》，文字清丽洒脱，把我心目中的何冀平写得活色生香。这文章让我对蔚然生出很多的敬意。她不仅准确地捕捉到何冀平的特点，而且，还能找到一种与被采访者的心境如此妥帖的文风，真不容易。这，或许就是她作为一个编剧的隐秘能力吧。最近看她编剧的《秘而不宣的日常生活》，就让我回想起当年看《第一楼头看月明》时的林蔚然。如今，常常看着作为《新剧本》执行主编的她忙忙叨叨，处理各种关系、各种事务，就有点忘了：当她沉静下来,进入到她的作品中,进入到作品的人物中,竟然能进入得那么流畅,那么自然。

看《秘而不宣的日常生活》,看到的是林蔚然作为科班出身的编剧对于结构要求的严谨甚至刻意,看到的是女性细腻;最为重要的,或许是蔚然长年工作在编辑岗位,东奔西跑,带来的鲜活现实感受以及鲜活的语言风格。

《秘而不宣的日常生活》时空上是跳跃的,结构却是谨严的,由三个片段、两对人物关系结构而成。前两个片段是主——时间上却是倒叙着的,最后一个片段是个尾声——时间上却又接上了第一个片段的时间继续往前走。前两个片段分别有两组男女关系。第一组的基调是文艺范儿的。原来热恋的一对文艺青年,准备私奔到成都去流浪;但最终,男人意外爽约,女人只有结婚生子。但,男人一年半后的意外到来,却让她有些轻微的失控。在这个片段里,两个人的对话都很含蓄,不过是空调太大、我喝杯水;动作也很轻微,诸如抱抱孩子……很符合文艺青年的身份。但在这含蓄的对话后面,总是有着暧昧的潜台词;在波澜不惊的动作里,也潜藏着让人羞愧的秘密。第二个片段,也是一对男女——看上去分别是第一个片段中男人的女朋友与女人未来的丈夫。这个片段的风格是泼辣的,与上一个片段的文艺风格形成对比。这一对男女都是在尘世中"锻炼"过的,彼此也没有什么可以隐瞒的,都很透彻。在这两个人的调侃与暗示中,潜藏着决定这两对人物未来走向的秘密,决定了第一个片段的发生。

其实,这些秘密,都是很小很小的秘密,算不上惊心动魄。但,对于别人来说可能算不上什么的秘密,却事实上改变了这两对人物前行的轨道。而且,在每个人物心灵的内部,也会因为这小小的秘密,掀起足够的惊涛骇浪。每个具体的个人,都必须直面这心灵的惊涛骇浪,搞不好,一不小心就会把自己搭进去。

《秘而不宣的日常生活》的舞台中央,是一条长长的铁路轨道。这轨道既是第一个片段中女人想去的远方——无论是闷热的成都还是海边的青岛,也是这整个故事的轨道。生活确实很滑稽,也很无奈:它可以很文艺地彷徨,也可以很直白地骁勇,但最终,都要归于前行。这剧中的每个人,都得收拾起自己的伤痛,让生活去抚平伤痛。结尾处的灯光映射在轨道上,很有点凄美的味道:我们坐在天边,看着轨道,不知道它从哪里来,也不知道它会到哪里去。那就走吧,走着走着就知道了。

《秘而不宣的日常生活》是我这两年看的蔚然的第四部小剧场作品了。相比于前一部《马路天使》,这个戏的结构更为精准,人物的内心也更为细腻。不过呢,我更喜欢的,是蔚然所写的台词有种混不吝的泼辣——那不是真的"泼",而是属于她看着笔下人物种种矫情背后自己爽朗的态度。她细腻地写下青年男女各种心态的现实反应,但总不忘自己消解一下:你们这样是不是有点太辛苦?

不信?去剧场听听那些生动的台词,看看那些鲜活的男女。

(陶子 中国社会科学院文学所副研究员、戏剧评论家)

一剧之本的"秘而不宣"
——话剧《秘而不宣的日常生活》评述

杨道全

和林蔚然相识是在北京人艺的专家研讨会上，她给我的感觉是知性、朴素，也知她在《新剧本》杂志工作，自己也在写剧本。4月18日，由她编剧的小剧场话剧《秘而不宣的日常生活》在北京首轮演出的最后一场，我去观摩，这是我第一次看她的剧本演出，整出剧看下来，我对她高雅的品位和细腻的手笔有了真切的认识。

《秘而不宣的日常生活》是一出都市情感剧，这一题材在当下过于充斥，几近平庸，但林蔚然赋予了平庸以灵动与精致，她优雅而细致入微的人物剖析生发出当下爱情婚姻的情感危机与茫然无助，她恣肆的结构与表达给戏剧美学以闪烁的光亮。如果说，她的题材有着"秘而不宣"的故事和意趣，她的手笔其实也潜藏着"秘而不宣"的动机与灵慧。她以恣肆与雅致相融的手笔将"秘而不宣"的"日常"构架起不寻常的戏剧情境，为观众呈现了不一样的高品格的都市情感，因而可以说，她成功地突破了题材平庸的瓶颈，她所受到的欢迎和喜爱也就顺理成章。

《秘而不宣的日常生活》讲述了两段婚姻的日常生活中秘而不宣的窘迫与危机，其所以秘而不宣，是因为两段婚姻有着割不断理还乱的交集。一位赋闲在家的少妇慵懒地消磨她的午后时光，她的前男友越窗而入，将她看似平静的生活彻底打破，少妇无聊的日子里重又泛起涟漪。他为什么要来？她为什么要怨？剧作的戏剧性就蛰伏于两个人秘而不宣的往事中。这本来是一对相爱的恋人，男友不明不白的一次爽约，造成了天各一方的陌路情缘：女人嫁给了父亲的保健医生，一个事业有成的中医；男人则将要迎娶自己的女上司，其实就是入赘。剧中的男女主人公在旧情的伤口上，在拉锯式的彼此窥探和自我挣扎中将剧情展开，爽约的秘而不宣，孩子的秘而不宣，生活的秘而不宣一一向观众呈现。随着剧情的展开，昔日恋人由怨恨到放下矜持，从旧情复燃意欲私奔，到最终男人在现实面前退下阵来，男人的退却再次把女人推回无聊的婚姻，而男人也并没有真正地放下，他将带着问题进入另一个问题婚姻。

剧情到这里，谜并没有彻底解开。令人意想不到的是，作者并没有去追究两人的情感走向，而是笔锋一转，进入到下一段故事，去展开"她"的中医和"他"的女老板间的一段交集。这是比前段故事更早一些的某个午后，女老板来找医生看病，她得的是心病。女老板有过一次失败的婚姻，她很强势地爱上了自己的下属"他"，而爱的理由相当任性，仅仅是为了给孩子找一个声音好听的后爹。当她知道"他"的秘密会影响到自己的婚姻，于是去找"她"的医生，向他披露秘而不宣的"他"和"她"的往事，试图借此挽救彼此的婚姻。这段故事的戏剧动因不同于常态的戏剧，它是倒叙式的，是对前段故事的必要诠释，也是揭示婚姻问题的主题呈现方式，此种揭婚姻伤疤的戏剧动作将引向新的婚姻伤口，无疑将主题的张力做了放大，它让我们看到了当下爱情婚姻中的杂质和噪音，以及由此带来的扭曲与惶惑。至此，"秘而不宣"的谜彻底解开，但剧作并没有对剧中四人的何去何从给出方向，林蔚然在戏的结尾不是落下一个句号，而是一个破折号，它让我们想到，剧中的"秘而不宣"的问题，不仅是个人的，也是社会的。

《秘而不宣的日常生活》的结构手法既恣肆任性，又从容委婉。从全景观之，它取的是倒叙的手法，全剧主要由时空倒置的两段故事构成，由这两段故事撕开了剧中四个人物之间婚姻爱情的纠葛与伤痕,显现出两段貌合神离的婚姻危机。林蔚然把剧作重心和高潮放在了剧首部分,由前男友的闯入直接切入两个有情人的爱恨离散,他们既是这出戏的因,也是这出戏的果,他们想重新弥合爱情,却冲不破世俗的羁绊。而后引申出与之关联的两对男女的情感纠葛和婚姻危机,这一关联对高潮的咬合极为缜密,像迟迟不肯退去的涟漪,并使得退却的高潮带出主题意味的回流,从而既保持住戏剧的张力,又获得了剧作的总体平衡。此外,对分幕的衔接,林蔚然也做了相当任性的大胆处理,她在剧作的开场,段与段之间和结尾,都采用了朗读的衔接方式,这一方式既抒情又理性,并有着统领全剧风格的美感,既能将观众引入剧情又能置身戏外,从而有效地引导观众去窥探剧中人物日常生活中的"秘而不宣",并进而透过"秘而不宣"去领会主题的意蕴。如果说该剧的倒叙和它的高潮置前显示出剧作者的恣肆任性,那么,它的衔接方式则宣示了剧作者的从容委婉,而这一衔接方式与剧作的优雅别致极为吻合,相得益彰。由此,我想说,仅从剧作的结构手法就不难看出,剧作者的手笔成熟老练,这出于一个年轻作者的手笔实属不易,以她的年轻,可以想见她的后力和不可低估的前景。她属于未来,一颗冉冉升起的新星必将粲然于戏剧的星空。

我还想说，这是一出文学色彩很强的剧作，人物的台词不仅附着于角色的性格之中，也寄予了很高的文学韵味，其精致、唯美形成了此剧最为鲜明的特质，给人印象深刻，也令观众赏心悦目。剧作的另一个特点是它的情感表达，通观全剧，它的情感表达总体上是节制的，此种节制是建立在特定的人物性格和人物关系之中的，剧中矛盾以试探的方式进行着，话里有话的含蓄，情感的隐忍与爆发，赋予了剧作别具一格的探幽妙趣。

林蔚然从当代女性视角去发现人们在爱情婚姻面前的困惑与无助，从男性与女性的关系中表现出扭曲、无奈、挣扎的现实图景，揭示爱情婚姻在当下的迷乱与不堪，这里有女人的细腻，也有知性的灵慧。她赋予剧中人物鲜明的性格与动机，让她的人物生活在自己的逻辑中，她写的台词深入人物骨髓，潜台词丰富，心理动作连贯，这从人物对话中不难看出。剧中的人物对话环环相扣，咬合密切且意味深厚，将人物对爱情婚姻的价值取向和微妙的动机与态度表现得恰如其分，她让我们看到了女人的痴迷执着，男人的自私，医生的隐忍，女老板的任性，并从中感受到爱情婚姻的美丽与苍白。剧中，林蔚然并不给出道德评判和主题说教，她像是要从一个女性的角色中跳出来，她把知性的灵慧传递给了观众，不直接的含蓄像是思索的一个场，它搅起的思想会更丰富多彩，并愈加深入生活。就像我们从剧中人物的关系中去寻找爱情婚姻的价值判断，我们的视点永远是自己的，爱情婚姻是人类永恒的话题，怎么看，怎么想，每个人都有自己的主张。林蔚然的解读是高雅的，知性的，她让我们得到一次赏心悦目的戏剧审美，剧作给予我们的不只是审视了一回爱情婚姻的"秘而不宣"，它还将我们拉回到自己的婚姻与爱情面前，回馈给自己以美好的愿景。是的，林蔚然解读的问题婚姻与爱情，仍然让我们相信婚姻爱情的美好，这是她的剧作主题的品质中最为温暖的内容，并且做了有效的传达。正如我们走出剧场，我们并没有为问题婚姻所沮丧，而是更多地构想着爱情婚姻的幸福与美好。

（杨道全　戏剧评论家）

炙烤的情怀
——看话剧《秘而不宣的日常生活》有感

欧阳逸冰

世界真的变了——假如你在群租房里住过,"举头"是"望"不到"明月"的,只有被闪动的霓虹灯污染得光怪陆离的一小片天。假如你登上百层高楼,俯瞰全城万家灯火,感叹苏东坡的"又恐琼楼玉宇,高处不胜寒"的想象竟如此轻易地尽收眼底,真是不知哪里是"天上",那里是"人间"。

一切神话的想象仿佛都乏力了,一切诗的意境又似乎被亵渎了。

曾被赞叹为亘古不变的神圣爱情,像《庄子·盗跖》记载的,"尾生与女子期于梁下,女子不来(被父母发现私奔意图,困于家中),水至不去,抱梁柱而死",到了李白的笔下,赞美爱情的诗句是"常存抱柱信,岂上望夫台"。

而今,人们公然质疑:真正的爱情还有吗?

青年剧作家林蔚然的话剧《秘而不宣的日常生活》就是对现代都市男女青年的情感生活的一次巧妙的探询和撷取,让我们透过变化多端的云遮雾障,窥测到当今某群年轻人内心的挣扎,寻找,渴望,无奈;梦想与实惠,交替奔涌,"才下眉头,却上心头",正话反说,左右言他,相悖相生,真是万般情景道不尽啊:

明明是摁了门铃,却从窗户进来的男人,原本是这家女主人的恋人,他们曾经盟誓出走,建立属于自己的理想生活。如今,这个自由职业者受雇于一位单身女老板……而女人,已为人妇,抱着婴儿,丈夫是颇有一些家资的中医师。这样的两个人见面会说什么,做什么?

这当然不是陆游与唐婉的沈园偶遇,没有第三者在,尽可一吐为快。然而不,两个人的谈话先是东扯西拉,言不及义。聪明的观众一眼即可识破,在两人的"扯淡"里,露出了最真实的心态,彼此依然熟知,关切,甚至由于嫉妒而多疑,而揶揄:"我宁愿你穿破T恤和全是洞的牛仔裤","天一热你就会出汗……是啊,一出汗我就喘不过气来——你知道,我有这毛病","你老板对你真挺好的……所以你需要为她提供别的服务吗","这房子也是他给你买的……

他好拿着秤去抓药,给中年妇女们诊断月经不调的原因。"不说戥子,说"秤",蔑在其中,醋味十足。在说出了双方经历了557天的分离之后,他们亲热起来,仿佛没有了先前的戒备,甚至借与婴儿的对话倾吐了越陷越深的缠绵:

女人:(模拟孩子的声音)对呀,我是很漂亮,更是好孩子。

男人:你喜欢我吗?

女人:(模拟孩子声音)你的胡子太硬了。

男人:如果我把脸侧过去,就不会扎着你了。那样的话,你愿意让我抱你一会儿吗?

女人:(模拟孩子声音)让我想想……嗯……不行。

男人:(恳求而难为情地)……就一下。

女人:(模拟孩子声音)……那就一下下。

由此,还进一步想象出他和她及孩子到公园散步之类的关于"一家三口"生活场景的画面……然而,现实生活(利益既得)犹如一面推不倒的墙,触碰之后,隔阂与反感立即将双方弹射出去——"你的每一句话都像是在往我脸上吐唾沫"。他们相互逼问,相互嘲弄,又相互倾诉。就这样,像翻炒栗子一样,拌和着黑沙与糖水,在粗粝与甜腻之间反复着,最终,剥开烫手的栗子皮,里面不是金黄色、香味扑鼻的栗子仁,而是变黑变硬变味的"瞎仁":她的父亲就在他们两人私奔之前给了他最后通牒,恶毒地诅咒,不用金钱砸跑他,他早晚得离开自己的女儿。诡谲的是,他为庆祝自己有她这么个好姑娘而酩酊大醉,不但醒后发现身边躺着陌生女人,更令人无奈的是,错过了与她约定私奔的火车发车时间!

究竟是什么使有情人未成眷属?偶然,还是必然?金钱,还是不专?第二场,看上去更加荒诞的对话在医生(第一场她的丈夫)与患者(女,商人,最后一场证明是他的老板,新婚妻子)之间进行,正是第一场的女人与男人的"另一半"在折腾这个非常私密的日常话题:男女之情,婚姻家庭。结论是"让想结婚的结婚,想单身的单身吧"(萧伯纳剧本台词),"反正最后都会后悔"。

关键是:为什么"后悔"?不管承认不承认,"爱情"的灿烂光芒刻在每一个女人与男人的心底,而在现实生活中又总也得不到,后悔就无可避免地发生了。

"秘而不宣"的奥妙就是后悔,后悔反证了人们对真正爱情的永恒向往。短短的第三场凝固了现实状态——无奈。无奈的实质还是后悔。

这出戏,不会让所有人都喜欢,也不会让所有人都反感。但是,所有人都会或多或少地思索:真挚的爱情如何去建设？

特别是那些俏皮而幽默台词，显示了当代年轻男女在貌似玩世不恭的放浪中，咀嚼着沉重的话题。譬如，"听过民谣的鸭子更适合挂炉，因为它们多少有点情怀"；"您的心理医生在倒垃圾的时候，不小心把您的故事倒给了我"；"不是都说女人是水做的，男人是泥么，加在一起就是水泥，结结实实能盖大房子"……

在那许多现实的"大房子"里，男人和女人们的心灵炙烤着怎样的"情怀"呢？在她与他，医生与患者四人之间，隐隐约约地存在着绕不开的，甚至是居于主导地位的物质利益。那么，"常存抱柱信，岂上望夫台"那样真挚的爱情还会出现吗？

反复着，折腾着，炙烤着。

（欧阳逸冰　剧作家、文艺评论家）

《爱无能》剧照
曹璐　赵森　郭小天 / 摄影

《爱无能》剧照

《爱无能》剧照
曹璐　赵淼
郭小天 / 摄影

《爱无能》剧照

愛・無能
Incapable of love

185

《爱无能》剧照
曹璐　赵淼
郭小天 / 摄影

▲
《爱无能》剧照
曹璐　赵淼　郭小天 / 摄影

【小剧场话剧】

爱无能

Incapable of love

林蔚然

【演员模拟飞机起落过程。舞蹈。

【机长和乘务员们拎着箱子,面带职业的微笑,鱼贯而入。也许有人刚刚跟电话那头的恋人吵了架,却要立即擦干眼泪,笑脸迎接乘客进舱。

机长:要脚踏实地地去生活,通常意义下这话没错。可是如果你的人生有三分之二的时间都在云端度过呢?每次走过机场,我的呼吸总会加快。无论离开还是抵达,迎接或者告别,有太多的故事在这里发生。这是个奇妙的地方。

【机长的电话响起。他接听。

机长:喂,我想见你一面。……我马上要飞了。哎,你别挂。我……

【忙音,对方已挂电话。机长无奈地关上手机。

【三段故事中的主人公分别换上衣服,定格成三组关系。

【光收。

1

【机场咖啡厅。不时播报着因雷雨天气,某某航班推迟起飞的消息。

【光起。桌旁坐着一对男女,他们身边各自放着一只行李箱。一黑一红,巨大得有些夸张。他们位于两只不同的转台上,随着台词节奏转动。

男人:这场雨来得真不是时候。

女人:这场雨来得真是时候。

男人:如果没这场雨,我们可能早已经谈到正题,结束互相讽刺和辱骂的过程。

女人:如果不是这场雨,你就只准备用五分钟来总结这五年的婚姻,你真是节约。

男人:我准备了一份关于我们婚姻未来的合同,用三分钟时间看合同条款,一分半钟考虑,半分钟签名或者撕掉这份合同。够了。

女人:我们在彼此的生命里留下了什么呢?只有这一份可笑的合同吗?

男人：当然不是。有很多回忆，挺美好的回忆。

女人：就只是这些吗？

男人：如果没有这些，我们也不会坐在这里假装置身事外来评论我们的婚姻。你觉得，仅仅靠对过去的回忆，足以让两个人在婚姻生活里假装幸福直到地老天荒吗？让一头老牛把同一口草料咽进去吐出来，吐出来咽进去三天，牛就不乐意了，还用五年吗？

女人：你的比喻真精彩，这一年你长进不少。

男人：真话总是不好听。但我们之间应该坦率，我觉得藏着掖着反而对不起这五年。毕竟是五年的情分。

女人：所以你的合同里拟了五条，起码够得上一年一条。

男人：如果你不愿意仔细看，我可以念出来。

女人：我根本就不想看，也不想听。

男人：你总是那么固执，从我认识你到现在好像一直没有什么进步。如果你能听得进去不同的观点，可能你会更容易从低沉的情绪中摆脱出来。

女人：要是我们因为这份合同而上了社会新闻版。那可真是意外的收获。

【女服务员和男服务员在一旁窃窃私语，形形色色的旅客从他们面前经过。

男服务员：懂不懂法？婚姻关系受婚姻法的保

护。不像是没文化的样儿,净干那没文化的事儿呢。

女服务员:那可未必,你以为都像你一样这么有才华……

男服务员:嘘,老板听着呢……

【二人隐去。

男人:看看他们,就知道为什么婚姻需要一份合同了。

【随着各种人物的出场。男人女人开始转移注意力。

男人:拉着手的,不一定是夫妻。你看他们,蜜里调油,眼睛里冒着小火花,就凭这一条,不是情人就是刚认识不仨月。

【姑娘勃然变色:再提你老婆就给我滚蛋!

女人:那这俩人一定是了,一前一后,离得有两米远,不知道的以为俩人不认识,前头的忽然发现自己那口子不见了,一回头,眉头肯定皱在一起,特别不耐烦地到处张望,然后怒气冲冲地喊一嗓子。

【丈夫:快点走啊!

男人:看这对父女,长得还真像。

女人:(冷冷地)父女？父女俩有热吻的吗？
【再看俩人果然吻在一处。

女人：你再看抱着孩子的那个男的，脖子上挂的,脑袋上戴的,手里拎着他们家恨不得所有的家伙事儿,纸尿裤奶瓶玩具围嘴儿,女的在前头拎着小包。这是两口子没跑了吧。
男人:他们已经成了主仆关系。男的俨然是不花钱的保姆，如果不是身体条件不允许，他得亲自哺乳。
【忽然孩子掉在地上,男的愣了两秒,女的用慢动作扑向他。周围旅客都惊恐地看着。

女人：这就是所谓爱情。你看到的不一定是真相。
男人：这就是所谓婚姻。你看到的一定不是真相。

【男服务员和女服务员又露出脸来。
男服务员:(心悦诚服地狂点头)深了,太深了。
女服务员:(不太高兴)你还能不能行。
男服务员:知道不足才能进取。你不知道我在考婚恋家庭咨询师的资格证书吗？今天看见这两位大哥大姐,我才知道自己还是太嫩。(送上两杯水,拿出小本)听君一席话,胜读十年书。您二位是两口子吧,再给说说,这婚姻,它到底是个什么玩意?

【转椅随着节奏加快。

女人:婚姻就像两把转椅,两个走累了的人,不知所措,想要有个座位坐下,休息一下麻木的双腿,所以我们并排坐下。

男人:开始坐上去,柔软舒适,坐久了开始犯困,时间再长了,就想要起来活动一下麻木的双腿。

女人:可是终究人还是需要这样一个位置,需要一把自己的转椅。

男人:两把转椅的位置和转速有时很难控制,从开始往同一个方向匀速运动,到各自往相反的方向暗自用劲。在短暂的碰面中假装没有看到对方,忽略不计。

女人:不管是公转还是自转,我们都身不由己。

男人:到最后,头晕目眩,只想逃离。

【二人戛然而止。男人逃离转椅。

女人:所以你想逃走了。

男人:如果你转到想要吐,为什么还要留在椅子上干呕呢!

【男服务员看傻了,猛记。

女服务员:这……就是婚姻?

女人：这，就是我们的生活。

女服务员：……可是，难道你们没有爱过对方吗？

男人：当然有。

女人：那时候，我在地铁上第一次见到他。

【回忆。男人在地铁上看书。

女人：看到他的第一眼，我就被深深地吸引住了。好像有一道光把我笼罩在那一秒钟里，我定格在他身边。那是一种说不清道不明的力量，我的皮肤上好像有无数含苞待放的花朵在准备绽放，又像是有强大的电流在身体里流过，我无法移动我的目光。

男人：据说科学家得出结论，一见钟情只需要八秒钟。我相信。那八秒钟，排山倒海，心旷神怡。

【旁边乘客全部被磁场震翻。

女人：这是我的名片，我们在做市场调查，请帮我填张表，好吗？

男人：我在那张表上写下了我的手机、座机、MSN地址。一笔一划，非常详细。

女人：第二天他在我公司楼下等我，捧着一大束鲜花。

男人：那是我人生中最愉快，内啡肽分泌最多的时光。

女人：那也是我第一次恋爱，虽然那时候我已经二十四岁了。

男人：我们像两条经常接吻的鱼，虽然海很大，可我们只看得见对方。

【演员模拟接吻鱼。

女人：在热恋的阶段，我们成了两条蛇，喜欢紧紧地缠绕在一起，毫无距离。

【男人女人如胶似漆的状态。

女人：三个月之后，热情开始消退，我们发现彼此的差异就像南极的企鹅和赤道的长颈鹿一样风马牛不相及。我们最终发展成两只土拨鼠，吵得面红耳赤，谁也不肯让步，站在自己的窝旁边，看着对方，防止他冲过来侵犯我的领地。日子就在折腾中一天天过去。

男人：到了一年的时候，她提出结婚。我当然不肯同意。

女人：他没有同意。于是我消失了一个星期，手机拉进黑名单，短信不回。一周之后他来找我，他说——

男人：我习惯了跟你在一起的日子，你离开了，我挺失落的。那就这样吧，我们结婚吧。

【男人女人婚后状态。

女人：我们像两只刺猬，每拥抱一次就会刺痛对方，然而因为寒冷又不得不彼此待在一起。新婚的兴奋过去，日子开始平淡起来。我的事业蒸蒸日上，他却因为金融危机心灰意冷辞掉了工作在家休息。我们的作息时间开始错位，当我疲惫不堪地回到家，他在打游戏。当我早起上班，他在睡觉。

男人：我们把日子过成接力赛了。直到我决定，去另一个城市重新开始。

【女人和男人重新坐下。

男服务生：为什么走呢？

女服务生：为什么要去另一个城市？

【女人和男人没说话。男女服务生隐去。

女人：我们对彼此有承诺，这个约定是这辈子的。一年没见，你拿出一份合同，我应该抽你两个嘴巴掉头就走。

男人：如果这样我倒希望你赶紧动手，起码这是一种行动，我早就厌倦了温水煮青蛙的日子。青蛙掉进热水还会企图逃命，在温水里舒舒服服浑然不觉，等一把火烧得越来越热，早就没有能力跳出锅去，最终死路一条。我不愿意最后等来这样的结局。

女人：你说得太牵强附会。没有婚姻是十全十美的，它是要由责任来维系，用道德去约束的。

男人：你用的这两个词很说明问题。维系，就是维持婚姻关系,如果一段关系需要维持了,危机还不够严重吗?还有约束,那就是用绳子把两个人拦腰一捆,以为这样就能安全了。正襟危坐地去谈些大道理,对挽救一段婚姻无济于事。我们的婚姻出了问题。

女人:那这一纸合同能解决什么问题呢?

男人:……如果你希望还有一年的缓冲期,我可以给你。这就是这份合同的意义。

女人:好,你终于说出来了。其实你应该拿上份离婚协议,而不是婚姻合同。法律同样会给你自由。

男人:也给你自由。第一条里规定我们可以再有一年的婚姻,在此期间我来负担家庭一半开支。第二条说的是如果你希望有其他选择,可以尽情去寻找喜欢的人,我不会干预。第三条,如果在这一年里你想要离开这段婚姻,你可以随时找我。第四条,如果牵扯到财产分割,我全都留给你。第五条,如果你觉得我们的婚姻就此终止最好,那么这份协议由你当场撕掉。

女人:一份多么扯淡的协议啊。

男人:有些话,当着你的面很难说出口,所以我决定还是写下来。变成条款之后,意思会更加客观明确,可能不会那么伤人。

女人:我心领了。你可以说得更明确一些,因为你已经对我不感兴趣了。我们早就无话可说,无爱可做。

男人:为什么要说到这上面呢?这说明我们已经说僵了,这是我所不希望的。

女人:那我们应该怎么说?怎么开始这次见面?

男人:可以重新来,不伤和气的,一点点来。

【灯光变换,二人重新入座。

男人:你好吗?

女人:我很好。

男人:工作辞了?

女人:是啊,休息一下。

男人:以后打算怎么办?

女人:很多猎头公司都在找我,他们看重我有六年银行高管的工作经验,我想差不多是该出来工作的时候了。

男人:那我就放心了。

【男人拿出一个纸袋。

男人:这是给你父母的,降血糖的特效药。

女人:谢谢。我从香港给你买的衣服一周前寄出了,收到了吗?

男人:哦,我这周换了三个城市出差,都没来得及回家。太忙了。

女人：你把你住的地方叫家？那只是一间公寓，是你落脚的地方。

男人：人在哪儿，哪儿就是家。

女人：没那么简单。家不是一个屋子而已，你的家好像应该在北京。

男人：有一张床能睡觉不就行了吗？两个城市在地图上都离得那么远，来回跑太累了，你也别老去香港了，也别给我买衣服了。

女人：走进那些店里，看见每件好看的男装，不由自主地想，穿在你身上会是什么样，就买了。我已经习惯了。

男人：真的不用了。我不需要那么多衣服，够穿了。

女人：这几年，从内裤到袜子到西装，都是我给你挑的。现在有别人给你买了？

男人：我一直没机会跟你说，我不需要你为我做这些，从来就不需要。

【沉默。

【男女服务员端来一杯水一杯咖啡。

男服务员：女士您的水，先生的咖啡。

男人：再给我也来一杯水。

【女人看着男人。

男人：我有大半年不喝咖啡了，戒了。

女人：你戒掉的不只是咖啡，还有我。我们早就无话可说，无爱可做。

【服务员乖巧地离开。

【光收。

2

【三十岁的他，伟诚，有点不安。他穿着衬衫，头发有点蓬乱。女友是个长相普通的姑娘。

【行李摊开。女友在给伟诚收拾行李，伟诚在发短信。

女友：哎，你手机现在怎么老放在震动上啊。

伟诚：我听不得手机响。

女友：是吗？以前你好像不这样儿啊！

伟诚：哦，人岁数大了，就添毛病了呗。

女友：那你现在还变得勤快了，短信和通话记录每天都清空。

伟诚：你又看我手机？

女友：……我昨天想玩会你手机里的游戏，所以顺便看了一下。

伟诚：看见什么新鲜的了？

女友：没有。非常干净，什么都没有。

伟诚：你在想什么？

女友：我在想，你得带件厚衣服，那边冷，穿那件带帽子的风衣,抗风。

伟诚:(泄气)……哦,帮我把那本看了一半的书塞箱子里吧。

女友:(从桌上拿起一本书,随意一翻,发现书里夹着的明信片,她看着明信片上的字。伟诚站起,女友脸上的表情很淡定,放了回去)……

伟诚:(想要解释)那是……

女友:字儿挺好看的,我放回去了。

伟诚:一个朋友写的。

女友:知道,仇人不会写得这么肉麻。

伟诚:……其实那是……

女友:我相信你,不用解释。

伟诚:(一句话没出口,憋得够呛)……

伟诚(看着忙碌的女友):我想跟你说件事。

女友:(举起一个夸张的药盒)黄连素在左边,中间藿香正气水,右边格子里放的是阿司匹林。

伟诚:我是去散心,不是去治病,我没感冒也没拉肚子。

女友:万一呢,出门在外不比在家,真到病的时候一个人躺在酒店里你就知道了。你那帮狐朋狗友,都只顾着自己,谁会管你。

伟诚:(拿出藿香正气水放到一边)那两个可以拿,我不喜欢藿香正气水。

女友:(坚持把它们放进去)喜不喜欢不重要,良药苦口。

伟诚:它让我喘不上气来,每次喝它都觉得像被洗脑了一样。

女友:洗脑?你别太夸张了。

伟诚:换成胶囊行吗?

女友:不!就要这种,见效快。

伟诚:(突然爆发,抓起药盒扔到地上)我连吃什么药都不能自己选择了吗?

女友:(静静地看着他,把药盒捡起来)好了,是我不好。没征求你的意见,对不起。但你还是应该拿上它,对你有好处。

【伟诚苦恼地沉默着,却也无力再拒绝,看着女友把药盒放进箱子。

女友:我可以陪你一起去。我们主任对我不错,我给她打个电话,就说我家里有点急事……

伟诚:不用,我想安静几天。

女友:我可以在你旁边一声都不出,我不说话,行吗?

伟诚:你别闹了行吗?我开始头疼了。

女友:我让你头疼了是吗?我让你觉得特别不舒服,哪儿哪儿都不合适是吧?

【伟诚合上箱子要走。

女友：那些朋友就那么好？你就那么离不开他们？你们天天混在一起，还要一起去旅游，怎么那么大劲头啊。我不相信。

伟诚：你想说什么？

女友：我不想说什么！你不是有事要跟我说吗？

伟诚：……

女友：这几天你心事重重，我心里也不好受。

伟诚：……

女友：你说要跟王凯一起走，我打电话问王凯了，他根本就不知道这件事。我知道，你走了就不会再回来了。

伟诚：……是吗，他还说什么了？

女友：你不想自己告诉我吗？那张明信片是谁写给你的？

伟诚：是一个姑娘。

女友：你喜欢她？

伟诚：不，我爱她。

3

【飞机上。商务舱。

【她昏昏欲睡，头几次倒向他。他调整着自己肩膀的高度，力图使她睡得舒服。

【他按铃喊来空姐，低声示意要毯子。他细心地把毯子为她盖好。她在梦里小声说着什么,他仔细辨别着。她浑身一抖,醒了。

他:再睡会儿吧。

她:有点头晕,睡得不舒服……

他:昨天你喝那么多白酒,让人看着多着急。我在桌子底下踹你好几脚,你怎么也不理我啊。

她:(给了他一个大大的白眼)还说呢,你把我新买的裤子都踢脏了。你知道多贵吗?

他:德行。我给你买新的。你以后别那么喝了,听见没有?

她:我酒量好。

他:好个屁!好你能昨晚上吐了六次,一出饭店门你就瘫我身上了。

她:谁让你没替我扛住的。

他:是你不让我替你扛的,要不拼了我也得都喝了。

她:到那份儿上了,你扛没用了。这个客户多重要,你不是不知道。

他:看他那操性。好歹是个上市公司的股东,色迷迷那眼神儿,最后丫也喝大了,出门还问我呢,你是……谁呀?

她:你怎么说的?

他:我说,我是你大爷。

【她乐了。

他：我告诉你说，要不是昨天那场合，我大嘴巴抽得他不认识他大爷是谁。

她：得了。我知道没事才喝的，你不是在我身边呢嘛。他要把我带酒店开房去，你也不答应啊。

他：废话。敢？

【她斜眼看着他。

她：给我要杯水。

他：行。（按铃）

【空姐走过来询问后离开。一个男人从头等舱走出来，经过他们身边，走过去又折回来，看着她。

男人：燕子。

她：（惊呆了）是你？

男人：是我。我刚才在登机口看见你了，没敢认。飞机都飞半天了，我才敢过来偷偷看看。结果真的是你！你比小时候更漂亮了。

他：（低声地）谁啊这男的？他什么眼神他，打鸡血了吧。

她：（同样低声地）张岩。我……上中学时候的同桌。

他：（恍然大悟）就你那初恋小男友啊？以前就有点谢顶，现在头发还没那时候多呢。

她：你小点声……

男人:这位是?

她:哦,他……是我的助理!

他(别提多失望了,还得绷着):哦,我是她同事。

【男人伸手欲握,他假装没看见。

男人(转向她):再见到你真高兴,燕子。

她:我也是,张岩。

他(酸得直倒牙):……

男人:(环顾四周)这趟飞机满员了吗?

她:(指指他旁边的位子)这儿没人。(看看他)

【他假装没明白,隔在他俩中间,不肯起身。

男人(在他旁边坐下):太好了,那我们可以好好聊聊。

他(按铃呼叫服务员):请给我拿条毛毯。

男人:有十几年没见过了。

她:是啊,我都老了。

男人:不,你变得更有味道了。

【她和男人互相凝视,仿佛回到昨天,一切变成慢动作。服务员也慢腾腾地拿来毛毯,他接过来披在自己身上,仿佛有了魔力上天入地。

【闪回。男人和她的少年时代。两人互相在小树林里赠笔记本,他在树上蹲着往下张望。

少年男人：这个笔记本送给你，争取考进前五名，咱俩一起进奥数小组。

少年她：（害羞地点点头）……

【树上的橘子一会掉下来一个，一会掉下来一个。

【是他蹲在树上到处张望，从兜里掏出一个个橘子丢在男人头上。

少年男人（自然地捡起砸在头上的橘子）：这棵橘子树真是顽皮。正好，咱们把它吃了吧。

少年她：（害羞地点点头）……

【少年男人和她在自习室里学习。一阵风吹来，卷纸满天乱飞。

少年她：（急地直喊）哎呀，我那套四中的模拟题被吹走了！

【他在风里乱追乱抓，终于抱在一棵树上，脚踩嘴叼地保住了少年她的模拟题，忽然腿肚子抽筋了。少年男人却从容地走过他身边。

少年男人：咦，四中的模拟题？（从他身上拿走，他目瞪口呆）燕子，我从那棵歪脖树上找到了！

她（高兴地）：你真好！（轻轻吻了少年男人一下跑开了）

【他还在腿抽筋，动弹不得，气急败坏。

【服务员又送来睡觉用的眼罩。他戴上眼罩。

【少年她遇到暴露狂,少年她不知所措,尖叫奔跑。暴露狂猛追。

【他戴着眼罩跳出来,暴露狂狐疑地打量着他,他才发现自己跟暴露狂穿的衣服一模一样,并且比暴露狂更像变态。

【少年男人义正词严跑过来,身后跟着眼泪汪汪的少年她。少年男人由于近视,放走了暴露狂,给了他一拳。

【他们都长大了。

【少年男人:我想,我们还是应该把精力放在学习上。所以,再见了。

少年男人走了,她起初安静,继而看四周无人伤心地哭起来。

【他跟一个羞答答的姑娘亲密地走过,见她大哭,撇下姑娘就蹿过去。她看见是他,哭得更难过了,索性搂住他的脖子。

他:我把丫胳膊卸下来!

【羞答答的姑娘见他们这样,恼羞成恨地瞪了他一眼。

羞答答:你们,集体耍流氓!

【然后跑开了。

【闪回结束。
女人:为什么哪儿都有你?
他:我也奇了怪了。我怎么老被你俩缠着,真耽误事。还把我身边的姑娘给气跑了。
女人:你谈过恋爱?
他:我凭什么不谈啊?
女人:我怎么一点都不知道?你怎么没跟我说过啊?
他:你净往我这儿倒垃圾了。我就别往回倒了。再说,您那么优秀一姑娘,哪儿有空关注我啊。

男人:当年我太幼稚了,后来我挺后悔的。
【他瞪着男人,假想自己过去暴打他的情形。
她:没什么,早就过去了。那时候,还是小孩儿,什么都不懂呢。
男人:后来我只知道你也在北京上大学,可是我没好意思去找你。
他:(冷笑一声)算你聪明。
她:你不说话能死啊?
他:(翻个身戴上耳机,音乐声开得她和男人都能听见;他偷偷拽下一只耳机,偷听他们说话)

男人:后来……

【他大声唱:我终于学会了,如何去爱,可惜你,已经远去,消失在人海……

【男人很囧。她悄悄拧他一把。

男人:燕子,你,结婚了吗?

她:还没,不过,我今天就要订婚了。

男人:那恭喜你啊。

【他手里的水泼了自己一身。

她:你怎么了?

他:啊,没事。

她:你这个笨蛋,我给你擦擦。(拿出纸巾给他擦)

他:不用,不用……

她:一会裤子湿了,人家还以为你尿了。

他:我说不用了!

【她愣住了。

她:你干吗呀,抽风啊?

他:没事。你跟谁订婚啊,那个银行经理?

她:不是那个。是那个IT精英。

他:就长得挺抽象的,大风一吹能飞出二里地那个?

她:就你嘴损。我乐意,轮不着你说。

他:你……喜欢他?

她:不讨厌,也谈不上喜欢吧。

他:那你跟他订婚图什么啊?

她:结婚啊。

他:废话。我说你图他什么啊?你缺钱吗?缺房子缺车吗?天底下男的多得是,你干吗非找他啊?

她:我三十二了,我得生孩子,再不结婚来不及了。

【空姐端着水走过来,她接过水,这时候飞机忽然一阵剧烈颠簸。一杯水又全撒在他们身上。

他:你是成心吧你。

她:我不是……

【机身继续剧烈颠簸。其他乘客都东倒西歪,阵阵惊叫。

【同时机舱里传来机长的声音:各位乘客,我们的飞机遇到强气流,请大家不要惊慌,系好安全带。我们将尽快恢复正常飞行。谢谢。

【空姐从飞机后舱向前跑。

他:不对劲,一般的气流没有这么个颠法的,事儿大了。

【她惊恐地抱住他的胳膊。

男人(脸色煞白站起来):我得回去了,我妻子还在前面。

【收光。

4

女人:我们有多久没见过了?

男人:一年了吧。

女人:如果不是这么巧,我们在同一个机场的同一个下午都要转机,不知道要拖到哪天才能见面。

男人:其实我想过要回来。有一次,我在电话里跟你提过,可是你没接茬。

女人:是啊……那一次我忽然害怕得要命。

男人:你怕我回来吗?

女人:是。我一想到要跟你朝夕相对,我不知道应该怎么办才好。

男人:我感觉到了,所以我再也没提过。

女人:我以为距离能解决问题,起码是缓解。那天我发现完全不是,我特别恐惧。如果你重新回到我的生活里,很多问题是不是就要重新面对,而我完全解决不了。

男人:那时候我的工作很不顺利。我挺想你的。我想,回来就回来吧,总还有个家。

女人:回来以后呢?我们又该怎么办?

男人:不知道。我感觉到你往后躲了一下,我就明白了。可能你不觉得,但是我收到了很明确的讯息:你也没信心。

女人:为什么你不能给我信心呢?你知不知道每天下班回家我坐在沙发上,好像瘫倒了一样,我看着太阳一点点落下去,屋子里全黑了。对面楼上一盏一盏的灯亮了,有人在做饭,丈夫帮妻子系着围裙,他们接吻,好像刚分开一天就难以忍受。

男人:你听过那个故事吗,有人失去了对生活的兴趣,跳楼自杀,在每一层楼她都看到邻居们的私生活,平时和睦的两口子其实各有婚外情,他们厮打在一起;每天给大家讲笑话的老张躲在家里一个人痛哭失声。也许你看到的那两个人,根本就不是一对夫妻。

女人:你以为你用这样的口气来谈论世界,就显得你特别聪明吗?你以为你能解决自己的问题吗?如果是这样今天我们就不会坐在机场这个尴尬的地方,来谈论我们之间尴尬的局面!

男人:好,既然说到这儿了,你知道我为什么不愿意回家吗?你知道我每天回到家里,看见你精心修饰过的那张脸,一丝不苟的粉底,刷过几遍的睫毛,我心里想,这个女人是我老婆吗,我是在家里吗?一切都那么不真实。包括你的性感睡衣,烛光晚餐。我谢谢你,可我需要的是家的氛围,我不需要我的老婆是个万人迷,能给我一个拥抱,扑到我怀里撒个娇,腻一会,挺好。可我真怕把你的妆给弄花了。

女人：……你居然是这样的想法。你知道我是怎么想的吗？我想，我要把最好看的时候给我最爱的人，可能你觉得矫情，但我每次要见你的时候，我都会心跳加速。我一次次补妆，怕你看到我的时候不够漂亮。

男人：这真是个误会。

女人：我的自信心一点一点溜走了，因为你上床之后经常一秒钟就睡着了。化妆不能让你对我更感兴趣，我就想，是不是我身材走样了？我疯狂健身，去做瑜伽、塑形，我在美容院办了几万块钱的金卡。那些日子我每天只吃一个鸡蛋，半夜饿得睡不着，我瘦了十斤。我高兴极了。

男人：你为什么要那样折腾自己呢？你根本不胖，这跟胖瘦没有关系。不过你每天去健身，我松了一口气。我可以有自己发呆的时间了。

女人：我买了很多很贵的内衣，我穿着比基尼在家里走来走去，对着镜子练习各种姿势，像一个荡妇。我甚至去买了一打 A 片，偷偷学习。可我发现这些全都没有用。你对我视而不见。我的变化，我的存在，你都全部直接过滤掉了。

男人：对不起。我从来都不知道。

女人：是的，因为你越来越心不在焉。我觉得自己特别贱，一次次笑脸相迎，你从来都不愿意多看我一眼。现在我明白了,这种屈辱的感觉,一天天在我心里堆积,一旦找到出口,就会像一股洪水,势不可挡地冲垮我心里最后那道防线。

男人:对不起……我知道,对于你这么骄傲的人来说,这尤其不堪回首。

女人:我恨你。

[男人轻轻抚摸女人的头发。

男人:你知道吗,我曾经很迷恋你。可后来我发现,在我们的婚姻生活里,你有一种气场,带着压迫感。比如你喜欢替我做决定,决定我穿什么衣服,系什么领带,甚至内裤的颜色都要挑剔半天。我觉得自己穿的是密不透风的盔甲,而你亲自在上面上了把锁,我喘气都觉得费劲。我看见你的变化,可我觉得你在变本加厉地折腾。我越来越懒得说话,我躲着你,这样就清净多了。

女人:我想把我所有的一切都给你,你却觉得那是一堆垃圾。

男人:你从来没问过我想要什么。你只是一个劲地塞给我,让我生吞活剥地吃下去,不管合不合我的胃口,直到我呕吐为止。你的爱和你的生活方式都层层叠叠,太过复杂了。我只想要简简单单的生活。

女人:(讥讽地)所以你后来就去寻找你简简单单的爱了。对吗?

男人:……

女人:我看见了你们在网上的照片,她没有我漂亮。

男人:是的。

女人:接下来你一定会说,她比我真实,不会给你压力,对吗?

男人:她只是个普普通通的很传统的姑娘,她对我没有任何要求。

女人:很传统?她知道你有老婆吗?

男人:知道。

女人:所以传统的她,等着你拿着离婚证书回去呢?

男人:……

女人:无性婚姻,多么时尚。我从没想过有一天我会在这个招牌底下对号入座,能赶上这个时髦。是啊,一切都是有原因的。你让我恶心,我对自己为你所做的一切感到羞耻。

男人:……咱们不谈这些了好吗。

女人:那你想谈什么?你想谈什么!

男人:(有气无力地)合同,我们的婚姻,续签还是结束。

【机场播报:因为雷雨天气,多个航班还要继续延误,等待通知起飞。

【沉默。

5

【光起。伟诚的箱子还摊在地上。

女友:咱们在一起有一年了吧。有句话我一直想问你,你到底是从什么时候开始喜欢我的?

伟诚:(迟疑犹豫地)我好像从来都没喜欢过你。

女友:……那你为什么要跟我在一起?

伟诚:(有点慌)……因为你对我很好,我没什么可以回报你的。我就想,把我这辈子都给你吧。

女友:……你对我一点感情都没有吗?

伟诚:有啊。可我对你的这种感情很奇怪,我始终把你当成是一个小妹妹,或者像我自己的孩子。如果你过得不好,我会很难过。

女友:你为什么就不能爱我呢?我这么爱你,我爱了你好几年了。从你来到我们这个工作团队,我就开始喜欢你。

伟诚:我知道。

女友:你从来都看不见我。你那时候有女朋友,后来你们分手了。我希望你能慢慢注意到我,可你很快又开始了一段新感情。我绝望过,我想,只要你过得好,我可以远远地看着你,看着你就够了。当你又一次分手的时候,我想,这是老天安排的,让我能接近你。

伟诚:……你别说了。

女友:那段时间你辞了工作,我特别开心。我想,这样我就可以去你家照顾你了。我愿意给你做饭,给你弹琴听,我想总有一天你会爱上我。就这么过了一年。后来你同意跟我在一起,我高兴得哭了一个晚上。

伟诚:我求你别说了。

女友:我们第一次逛公园,第一次看电影,第一次看话剧,所有的门票我都留着,所有的纪念日我都记在心里。你不爱我没有关系,只要你心里没有别的人,我就能接受。

伟诚:你每句话都往我心里最脆弱的地方砸,每句话都是。

女友:可是你还是有别人了,我知道。你所有的反常我都看在眼里,只是我从来不提。

伟诚:是啊……早点让你知道,对你对我都好。该是你做出选择的时候了。

女友:我装作不知道,是因为不愿意失去你。我堵住耳朵,闭上眼睛,屏住呼吸,是为了跟除了你之外的一切隔绝联系。我知道这一天早晚会来,你不开口,我就不提。

伟诚:是我对不起你。我是个自私的人,我不想让我的良心过不去,可我又想不出好的办法解决我们之间的问题。

女友:我知道,到我送你离开的时候了。跟我说说她吧。

伟诚:她……我从来没有遇见过比她更合拍的人。我们经常能够同时说出同一句话来,我喜欢听她讲段子,喜欢看她脸上的孩子气和挤眉弄眼的表情。她有很多见解让我能学到很多东西。我很欣赏她。

女友:嗯,她漂亮吗?

伟诚:不能说漂亮,但很有魅力。非常幽默,而且善良。

女友:优点真多。如果我是她就好了。你就能百分之百地爱我了,对吗?

伟诚:我对她,也并不是百分之百的爱。我是个废人,我的感情就像一杯茶,兑了好些水,越来越淡。但遇见她以后,我觉得自己又像回到了年轻时候,心里干净得只有爱情。

女友:你们有多久了?

伟诚:……在我同意跟你谈恋爱之后的两个月,我跟她认识。然后我们彼此吸引,互相克制,挣扎了半年……

女友:明白了。她在机场等你,对吗?你们会一起去,开始新的生活?

伟诚:(困难地)如果你同意的话。

女友:我同意?我同意不同意很重要吗?你不是已经想好了吗?

伟诚:……不,我想,既然能够坦诚地对待彼此,我也不希望你受到伤害……

女友:那是不可能的,伟诚,你觉得我能够坦然面对这一切?你错了。

伟诚:……

女友:你的朋友中有人不喜欢我,我可以回避。但你别以为我不知道你常常跟那几个人一起吃饭,我很不高兴,我知道他们会撺掇你跟我分手。所以我经常跟你吵架,就因为这个。

伟诚:……

女友:你知道吗,身边的朋友说你对我不好,我都把她们赶走了。谁说你一句,我当场翻脸。我为了你,众叛亲离。

伟诚:……

女友:我的父母因为你迟迟不提结婚的事,给我很大压力。我说,是我不愿意结婚的,我觉得还不是时候。我知道你还没有准备好,接纳我作为你的妻子。我愿意等。

伟诚:……

女友:你没话说了吗?

伟诚:我不知道说什么好。我欠你的。

女友:那有什么用?我等来等去,难道就为了等你这句话吗?

伟诚:你想要怎么补偿?你说出来,我都会尽力去做。

女友:我以为你能给我一个未来,我会全身心对你好,只要能跟你在一起,让我做什么我都愿意。

伟诚:你别这样说,我受不了。

女友:这段日子我特别感谢你能陪在我身边,工作不顺利,家里人身体不好,这么低落的时候能有你,这是我唯一的动力和支柱。有了你,我才有勇气继续生活。但如果你要走,你觉得那是你真正的幸福,我不拦你。

伟诚:那你怎么办……

女友:我也不知道。你别管我了。

伟诚:不管你,就这么走。我也做不到啊。

女友:那你就不要走。别走,好吗?

【女友抱住伟诚。伟诚茫然而痛苦。

伟诚:在那一刻我觉得我灵魂出窍了,我的身体被她的泪水包围着,我的情感在热油上反复炙烤,我仿佛听见吱吱啦啦的响声,告诉我,一切都会变成烧焦的灰。我告诉我自己:即便是爱情,也会有热情退去的那一天,就像甘蔗被嚼过之后,剩下的都是平淡无趣的渣滓。也许我该停止我的念头,留在她的身边。

女友(放开手):希望她能照顾好你。你早晨起来不能吃凉东西,晚上到了点不吃饭就会犯胃酸,吃冰激凌会拉肚子,抽烟超过一包就会咳嗽。你要告诉她。给你熬粥的时候最好放点冰糖,你爱喝甜粥。每天晚上衬衫要熨两遍,袜子要放在你伸手能够到的地方。

伟诚:她不会去做这些的,她连自己都照顾不好。

女友:那她凭什么?她凭什么带走你?

伟诚:(看着女友)你们是两个不同群落的人。我不会要求你像她那样跟我聊天,也不会奢望她像你这样照顾我。如果同时能过两种生活——我这样的想法很可耻——能那样的话,该有多好。

女友:……可以。

伟诚:什么?

女友:我说,只要你不离开我,你可以跟她在一起。

伟诚:……你知道你在说什么吗?

女友:我知道,我很清醒。因为我爱你,怎么样都可以。你需要我放大音量,对着所有人说吗?我可以的。

伟诚:你让咱们俩都没脸了,都没了。

女友:是你让大家没脸的。你既然不爱我为什么要答应跟我在一起?为什么让我产生这样的错觉,让我觉得我自己很幸福,觉得你对我很好?里子都没了,要面儿干什么啊。

伟诚:……分开吧,我们分开吧。只有这一条路了。

女友:(痛苦地)……好,我早就说过,你找到喜欢的人,我就离开……既然她这么优秀,我认了。

伟诚:希望你能去寻找你真正的幸福。我不想再耽误你了,我们彼此都放对方一条生路吧。她在机场等我,我走了。

女友:(看着伟诚装好箱子走到门口,忽然地)我送你去机场。

【伟诚回头瞠目结舌地看着女友。

女友:(静静地)我要看看她有多好,也好输得心服口服。

6

【飞机继续剧烈颠簸。

【飞机上的乘客惊慌失措,哭声喊声,连成一片。

【她死死抓着他。

他:那孙子跑回头等舱去了,带老婆来的,还跟你搭讪。你现在明白他多不是人了吧?

她:别提他了……咱们会死吗?……

他:很有可能。

她:今天上飞机前我就觉得眼皮狂跳,出门还摔了一跤。都赖你,这航班是你订的。我死了也不放过你。

他:你赖我吧。咱俩反正死在一起,能跟你死在一起……我挺乐意的。

她:你混蛋!要死你死,我还没活够呢。

他:我说真的呢。看着你跟别人订婚,结婚生孩子,我跟死了也没什么区别。

她:你说什么?你再说一遍?

他:飞机颠这么厉害,再不说我怕没机会了。

【机长:请各位乘客系好安全带,我们将关闭舱内灯光。

【光暗。

她:(开始啜泣)我再也见不到我爸妈了,我已经一个礼拜没有回去看他们了。我真后悔……还有我的小狗,它找不到我会很难过的。

他:(竭力安慰)但你终于不用每天被客户折磨了,不用跟不喜欢的人结婚了,不用再坐飞机了……

她:你不害怕吗?咱们要死了。

他:我不能害怕。你都这样了,我没法害怕了。我是男人。

【闪回部分。光起。他和她系上红领巾。她小辫凌乱,他手足无措。

小学时候的她:(哭泣着)……

他:你别哭了。我把虫子扔了还不行吗?你原谅我吧。

她:你……你把它吃了我就原谅你……

他(假装把虫子扔进嘴里):……

她:(傻眼了,停止了哭泣,继而哭得更大声了)老师……他吃虫子了……

【他赶紧把藏在手里的虫子拿出来。

他:我没吃,蒙你呢。

她:(更加气愤地大哭)他把虫子又从嘴里给拽出来了……

他:从小其实我俩就是同桌,她老给我告老师。回家我爸就让我罚站,那时候我可讨厌她了。

她:他从小就欺负我,长得跟猴儿似的,贫不拉叽的。最烦他了。

【她跑到一旁,静静发呆。他在旁边坐下。

他:都一天了,我给你买个煎饼吧。

【她不说话。

他:你一天都不说话,你这样怪吓人的。你看太阳都快下山了,你好歹说点什么啊。

【她把一只丑了吧唧的木头玩具塞给他。

他:这不是你最喜欢的吗,干吗啊?

她:我不要了。他们不要我,我也不要他们的东西。

他:我听我奶奶说,你爸妈离了……那你跟我过吧。

她:(眼泪掉下来了)我谁都不跟。

他:你怎么又哭了,你别哭。我奶奶说你要是哭,就去我们家,跟我睡一张床。

她:我不去……

他:我睡觉尽量不踢你还不行吗。

【她忽然大哭。

【他们解下红领巾,他戴上一副眼镜。她变得精神利落,出落成大姑娘了。他则有点青春期的混不吝。

她:作业写了吗?还打篮球,告你爸去。

他:就知道打小报告。告去,怕你啊。

【旁边一高大男生走过来,塞了个小纸条在她手里。她还没反应过来,他就从她手里抢过来,大声念。

他:我想跟你交个朋友!放学后小树林……(对男生)嘿!孙子!你丫别跑!

【男生站着没动。

男生:你丫找抽呢?

【他有点怵。

他:你敢给她塞纸条,我告诉你,我可不能让别人欺负她!我可练过武术,我花了你你丫信吗!

【男生逼近几步。他胡乱比划了几拳头,被男生轻轻一推就倒了。男生得意地大笑,忽然愣在那儿不动了,随即晕头转向地坐在地上……她从男生身后出现,用现代汉语词典重重拍了男生的头。

她(得意地):你爸说了,让我看着你。你被人欺负了,我得给你出头。

【她和他又戴上军帽。各在舞台两端,从怀里掏出信来。

她:悄悄告诉你,不许告诉别人。我谈恋爱啦……军校是不让谈恋爱,可我多聪明啊!不许告诉我爸,告诉的话我揍你。

【他拿着信傻了。半天操起身旁的酒瓶子就往嘴里灌,然后四仰八叉地朝天躺下。

他:听到你谈恋爱的消息,我简直难以置信。一个丑八怪,还有人喜欢你,真是难得。好吧,祝你恋爱愉快。……

【他翻身坐起。

他:其实我想说的是,你怎么能跟别人好了呢。

她:我这个周末要跟我男朋友去泰山玩,你帮我写作业吧?

他:(难受得咬牙)……好,好,我给你写……玩得愉快啊。

她:你真好,回来给你带煎饼啊。

他:(恶狠狠地)我不要,我嫌那玩意噎人。

她:不要拉倒。

他:哎?你怎么不说话了。

【她戴上时髦的眼镜,他也戴上。她摘掉,他也跟着摘掉。她拿着文件丢给他,他飞快地把它写完。她拿起公文包,铿锵有力地走在前面,他追了几步。

他:反正我得陪着她。我毕业之后跟她进了同一家公司,很快她得到了赏识,职位也有了晋升,我很高兴。她跳槽了,我也跟着辞职,去她的新公司应聘。她很不以为然,说我是她的跟屁虫。

【氧气面罩从他们的头上掉落。只有一只从他和她面前掉下来。

她：面罩都掉下来了，咱们要死了。

他：咱俩打个赌吧。要是咱们死了，我给你一万块钱。要是咱们都活着，你给我一万块钱。

她：你怎么那么鸡贼啊。

他：这一万块钱你输定了。为了这个，你把它戴上。

她：我……我不会戴……每次上飞机放这个我都没仔细看过……

他：笨死你得了……（亲手给她戴上）

她：那你怎么办？

他：我没事。吸多了氧气我头晕，不舒服。

【空姐请大家穿上救生衣，摘掉首饰手表和眼镜各种硬物。并开始发纸笔，请大家写下自己的遗言，话语彬彬有礼条理不乱，但是带有令人绝望的意味。

她（哆嗦得无法写）：写……什么啊……

他：就当是考试，再答一次卷子吧。写你最想说的话……

她：我特别紧张……眼前发黑……

他：那我写。

【机舱里开始安静多了。偶尔有乘客发出啜泣声。

他："爸妈，我可能不回家吃饭了，你们晚上别忘了给防盗门上锁。有事打我哥们电话,换煤气修电器他们都能管。还有,我跟燕子在一起呢,如果能下飞机,我就跟她说,咱俩好吧。"

她:你都这会了还扯这些没用的,别开玩笑了。

他:我没开玩笑。燕子,你知道吗,我有一个秘密。其实……我一直都害怕坐飞机。我胆儿挺小的。

她:那你还老坐!

他:我不是为了陪你吗。真的很恐怖。飞机起飞的时候我都求神拜佛的。

她:你怎么老跟着我,从小到大……现在还跟着。我用你陪吗?

他:我就陪着你呗……你没合适的人,我就凑个数。我琢磨着要是到老了你都没结婚,我肯定也不结,咱俩还能一起打个牌。我陪你到死那天。没想到今儿就走到头了……我,我挺爱你的,年轻时候瞎胡闹,也谈过几次恋爱,可每次你一伤心难过,天大的事我都能放下。这辈子除了你,我不可能再爱上别人了。(喘气有点困难了)

她:(愣了,然后低下头,眼泪又涌出来了)……

他:(给她擦)面罩都被你弄坏了,谁知道是不是防水的。

她(摘下面罩,哭着笑了)……

他:……你是不是疯了,就算死也不能跌份啊。

她:我特别高兴。……听见这些话,我死了也不遗憾了,你这个笨蛋。

7

【机场咖啡厅。
男人:你记得我离开北京之前的那个晚上吗?
女人:当然记得。
【二人站起。灯光变化。
男人:我们睡在一张床上,我能听得见自己的心跳声,也能听见你的呼吸声。我想把灯打开,跟你说说我心里是怎么想的。可是我又犹豫了。
女人:我看着你的背影,忽然觉得很陌生,一切都那么不真实。我想,这个男人睡在我身边,他是我的丈夫。我应该跟他亲密地抱在一起,可我为什么本能地只想离他远一点,再远一点。
男人:我想要转身看着你。
女人:我怕你转身面对我。
男人:你好像睡着了。
女人:我尽量调整呼吸,我以为自己真的睡着了。
男人:我想起我们一年多以来,从来都没有过身体接触。
女人:我忽然觉得,我对这件事情,已经完全没有兴趣了。包括对这样的人生,也已经失去了兴趣。

男人:我们已经是两个陌生人了,最熟悉彼此身体每个细节的两个陌生人。

女人:我为什么要跟他睡在一张床上?跟这样一段不再试图去沟通的婚姻同床共枕?

男人:很多应该醒着的时候,我们假装睡着了,是不愿意用清醒的状态面对糟烂的人生,早该戳破的真相会让我们的心更加血肉模糊千疮百孔,而我自己不知道如何去修补这段无可救药的生活。

女人:他睡着了。一种很深很深的绝望从头到脚慢慢爬上来。我想起床头柜里有一瓶安定。安定,多好的名字,安静又淡定的人生,我还有力气走到那天吗?

男人:我终于还是没有回头。我真的睡着了,我太累了。

女人:我终于没有推醒他。那一瞬间我忽然变得非常软弱,没有勇气对他说:分开吧。这句话早该有人说出来。只是我们都在计算,谁先说更好一点。

【灯光变化到现在时。

男人:你想说什么就说吧。

女人:你呢?你有话对我说吗?

男人:是你约我在这儿见面的,我想你应该有话跟我说。

女人:要是我约你,是希望你先说呢?

男人:我宁愿你先提出来,这样你会好受一点。

女人:是吗？我会好受吗?

男人:会好一点。如果是我先说出来,我会在心里永远觉得对不起你。如果是你说出来,我才会放心,因为如果你有这样的勇气,你才会有真正属于自己的另一种生活,才会找到新的幸福。我希望你过得好。

【女人流下眼泪。

女人:我不知道我还能不能开始一段新的生活,但我想没有其他的选择了。

男人:我不希望有人伤害你,尤其不希望这个人是我。所以我想出这个没有办法的办法,用时间来解决。它带我们走到哪儿,就是哪儿。

女人：每一天都毫无办法。没有任何期待和悬念,好像我们都盼着这一天,早晚会来的。

男人:是啊,我们都无能为力了。

女人:你爱她吗？那个等着你回去的姑娘?

男人:问题不在这儿。你还不明白吗？我们已经走到头了,没路了。可是一个人在黑夜里找路太寂寞了，太寂寞了……我甚至也不知道明天到底会怎么样,可我们已经不在同一个世界里了,你帮不上我。

女人：我以为我还能坚持住。我以为我能改变你,可我没能做到。

【男人温柔地捧起女人的脸,为她擦去眼泪。

男人:你要照顾好自己,以后你要记住,不要轻易相信别人。

女人:我想这辈子我都不会这样去爱一个人了。就像烧坏了保险丝的水壶,沸腾了,烤干了,发出的报警声没有人听得见,最后啪的一声,坏掉了。再怎么通电,也没有能量去焐热另一壶水了。

男人:对不起。

女人:我不想听你说对不起,我想听你最后说一句,你爱我。

男人:是啊,我曾经深深爱着你,也许……你会是我这辈子唯一深爱的女人。

女人:曾经。已经过去了,对吗?

男人:我们都往前看吧。这两份合同,我已经签好字了。如果你决定了分手,就撕掉它。这次出差结束,我们可以去民政局办离婚手续。房子和车,你都留下吧。我怕你这一段时间还需要好好调整,如果不想工作,就再休息一段时间。有什么需要,你就给我打电话。(站起来)

女人:你要走了吗。

男人:……要不,你先走。

女人:你走吧,我想看着你走。

男人：别这样，又不是不见面了。不是夫妻，咱们还是朋友，是亲人。

女人：分开了，就永远都不用再见了。

男人：为什么要这样呢。我想知道你过得好不好，难道你连这样的机会都不给我了吗？

女人：那跟你没有关系了。你的一切都与我无关了。你已经做出选择了不是吗？再见面，你身上带着另一个女人的味道，你的衬衫是她给你熨的，钱包是她给你买的，你们刚刚拥抱告别，你会喊她老婆，你会跟她有自己的孩子……虽然你不肯给我一个孩子，你始终不答应，但你终究会有一天，跟她或者另一个什么人，推着婴儿车，晚饭后在小区里散步，但不是我。我受不了这个，我受不了……

【女人用力把合同撕成两半。

【机场广播：CA5102航班的乘客请注意，现在开始登机。由于天气原因对您的旅途造成不便，我们深表遗憾。

男人：我该走了。

【女人没有动。男人在桌子上放下一百元钱，拖着箱子离开。女人忽然哭出声来，她扑上去从身后抱紧男人，男人也有些难过，但最终还是掰开了她的手。

男人：飞机要起飞了，听话，你要保重。

【男人走出咖啡馆,下。

【服务生悄悄拿来一打纸巾,递给女人。女人几乎瘫倒,服务生搀扶着她,远远地,飞机起飞的声音。

【忽然女人发疯一样地追下去。

【顷刻男人又不安地从另一个方向重新绕回来,他看着空空的座位。

【光收。

8

【机场大厅。伟诚拉着箱子,女友跟在旁边。二人站住。

女友:一路上你一句话也不说,我知道你心里翻江倒海。

伟诚:你回去吧。我现在挺后悔同意你送我到机场的,为什么非要见她呢?

女友:你觉得尴尬是吗?我没关系啊。我要看看她长什么样儿,看看你心里那么喜欢的人,跟你站在一起。看着你们进登机口。只要你还没跟我分手,我就还是你女朋友。我送你,天经地义。

伟诚:你这是何苦呢?

女友:我是为了延长跟你在一起的时间。给她打个电话吧,现在还没来。这么大的雨,也许还在路上。

伟诚:不,我不想当着你的面打这个电话。

女友看着伟诚:为什么?

伟诚:(窘迫地)这需要解释吗?我觉得这样的场面很怪异。

女友:……是不是有什么其他的原因?比如,你被你的心上人放鸽子了,她忽然取消了跟你的这次旅行?

【伟诚有点傻。

女友:(敏感地)其实她不会来了,对不对?

伟诚:只是路上堵车,但是她会来的。

女友:(紧张地)那你给她打个电话,现在打。

【伟诚看着女友,缓慢地开始拨号。

伟诚(把手机放到耳朵旁边,开始说话):你到了吗?……哦,雨太大,那你慢点……我在机场等你,不见不散……

【女友忽然抢过电话,看着屏幕。

女友:10086?

【伟诚不说话。

女友:你的心上人是中国移动的员工吗?伟诚,你在跟我开玩笑吗?你觉得这个笑话有意思吗?

伟诚:……对不起,我只是想让你自己做个决定。我想如果我们之间有了第三个人,这个问题就变得容易多了。我们就不用这样难熬地待在一起,一天又一天。

女友:王伟诚,你这个混蛋。

伟诚:你应该骂我。不管你说什么,我都能接受。

女友:我们都是骗子。骗别人,也骗自己。所以伟诚,我们还是会在一起的。因为我们都是胆小鬼,不敢承认自己是感情的失败者。所以,(她忽然有些兴奋)我提议我们不要取消这次旅行。

【伟诚傻了。

女友:我们一起买机票回我家!你知道我爸妈一直给我压力,也一直想要见见你,可我都拦着,我不想你有压力。但现在,现在是时候了。

【伟诚完全懵了。

女友:这是天意。如果我不跟你来机场,而是哭哭啼啼伤心透顶地在家里打包收拾,我可能就永远失去你了。可我没有这样。我跟你来了机场,发现了你生活中根本就没有另外一个女人!这只是一个玩笑。你会跟我在一起,我们会一直走下去的。我们回去看看老人,一年了,我们交往一年了。很久了对不对?

伟诚:(微弱地抗议)即便是这样,就算我们还能继续……我们以前不是也说过,不办婚礼吗。你也答应,只要跟我在一起,婚礼无所谓。

女友:可是你知道,我家只有我一个女儿,我爸爸非常坚持。不瞒你说他已经跟他所有的同事都说了,今年就嫁女儿,请大家都来吃喜酒。虽然我知道也许这会让我特别丢人,因为你从来没有向我求过婚。

【伟诚痛苦极了。

女友:(期盼地)你会答应的,对吗?我爱了你那么久,在你还没正眼看我的时候,我就偷偷想过,如果有一天穿上婚纱,跟你一起走过草地,阳光特别耀眼……那时候,这样的想法就像做梦一样不真实。现在我终于敢大大方方地想这件事了。只要你能跟我在一起,我这辈子都会特别幸福的。你完全不用做什么,因为我是那么爱你,你只要给我一点点反馈,我就足够了。

伟诚:(完全崩溃了)我知道你为我做了很多,我没法给你什么,我就用我这辈子慢慢还吧。

女友:我不用你还。我爱你,那是我的事。你爱不爱我,那是你的事。

伟诚:(无路可退)好,我听你的。

女友:那我们去买机票,今天有就今天走,今天没有就买明天的,然后我们回家。

【伟诚茫然地望向空中。终于点点头。

【雨声。飞机声。

【收光。

9

【飞机上。他搂着她,她脸上还有泪痕。

【传来机长的声音:飞机故障解除,飞机故障解除,预备安全着陆!

【空姐喜悦地通知大家,危险解除,请大家先不要脱掉救生衣和氧气面罩。

【乘客们有种劫后余生的狂喜,机舱里一片欢呼。

她:(不敢相信)咱们能落地了?

他:你把一万块钱准备好吧,咱俩一准活着到北京。

【机长声音:准备着陆,各就各位。

【第一次俯冲没对准跑道,拉起。乘客一片惊呼。

她:(靠在他肩膀上,紧张地握住他的手)……

他:坐好了,咱俩小时候去游乐园坐那个过山车,你还记得不?

她:记得,你吐了我一身。

他:……你就当今天还是坐过山车,准备好,走着——

【飞机再次俯冲,安全进入跑道。大家热泪盈眶。她跟他对视一眼,紧紧拥抱在一起。

【机长声音:本次航班安全着陆,感谢各位旅客跟机组人员一起度过,我们到北京了!

【他和她拥抱着,他看着她哭花的脸。

他:你的睫毛膏不是防水的啊?太难看了,整个一熊猫。

她:你当心我把你灭口了啊。

【他干咳一声,松开了抱着她的手。她也有点不好意思,低头整理头发。

【为了掩饰自己的尴尬,他二兮兮地站起来跟欢呼的人们打着招呼,拥抱空姐。

他:(回过头来)那空姐挺好看的。

她:还不赶紧要个电话。

他:算了!刚死里逃生,我哪能又给人添堵。

她:你还挺有自知之明。

【他看她一眼。

他:走吧。

她:你去哪儿啊?

他:我……反正也没人等我,去哪儿都行。刚才差点死了,我第一件事就得找个洗手间,这会我才觉得尿急。还有机会去洗手间,真是太幸福了。

她:我的意思是,那你还送我吗?

他:……送!对哈,你今晚的计划可以不变了,不是还有订婚宴呢吗。送送送,我送。

【她没说话。看着他。

他:哦,那什么……刚才飞机上我说那些话,你别往心里去啊。那会咱们不是快死了吗,我就胡说八道了,就当幻听啊。

她:那可是遗言。遗言要不是真的,你还活什么大劲啊? 咱们都死过一次了,你怎么还这么怂。

他:我现在……比刚才还紧张,还害怕。

她:你怕什么?

他:我怕你今天订了婚,以后咱俩就不能再像以前一样了。

她:怎么不一样啊,你还可以来找我吃饭看电影。

他:……怎么可能呢。

她:(拿了包)走吧。

【他站在原地没动。

她(回头看了一眼他):……

他:那什么……我忽然想起有点事,今天我还是不送你去了。

她:你得送我去,今天是我订婚的日子。我希望你能在我最重要的时候陪着我。

【他低头沉默。

他:那好吧。你说怎么,就怎么。

她:(笑笑)你希望我怎么介绍你?同学?同事?好朋友?

他:随你,我都听你的。

【她看着他,忽然在他脸上轻轻亲了一下。

【他傻了。

他:别……别闹。你都要订婚的人了,让人看见了对你多不好。你这样,我心里也不得劲。

她:今天晚上,你跟我去吃这顿饭,我会向我父母和在场所有人隆重地介绍你。可能会是个大场面,我想今天现场的情况也会有点复杂。你害怕吗?

【他表情复杂地看着她。

【初恋男人和妻子从头等舱走出来。

男人:这是我妻子。

妻子:(热情地朝着他点头)你是张岩的朋友,刚才他说过的。(看着她和他的神情,了然于胸地)这是你朋友的爱人吧?

【大家都有点尴尬。

他:啊,这个……呃……

【话音未落她挽住他的手。她微笑地冲初恋的妻子点点头。

【机长拎着箱子走上。

机长(拿出电话拨打):喂?是我。你给我打了十几个电话,怎么了?……哎你别哭啊,我这不是安全落地了吗。我没事……我想跟你说……你在听吗……咱们复婚吧?

【空姐拖着行李箱从机长身后上,有点落寞地看着他。

【机长喜悦地跑下。空姐默默向另一个方向走去。

10

【候机厅里。

【前两个故事里的主人公,再度出场。

【他们拖着行李箱,或迟疑停步或行色匆匆。

【渐渐收光。

【剧终。